書下ろし

袈《け》裟《さ》斬り

風烈廻り与力・青柳剣一郎⑯

小杉健治

祥伝社文庫

目次

第一章　立て籠《こ》もり　9
第二章　辻斬り　87
第三章　試し斬り　165
第四章　炎　上　244

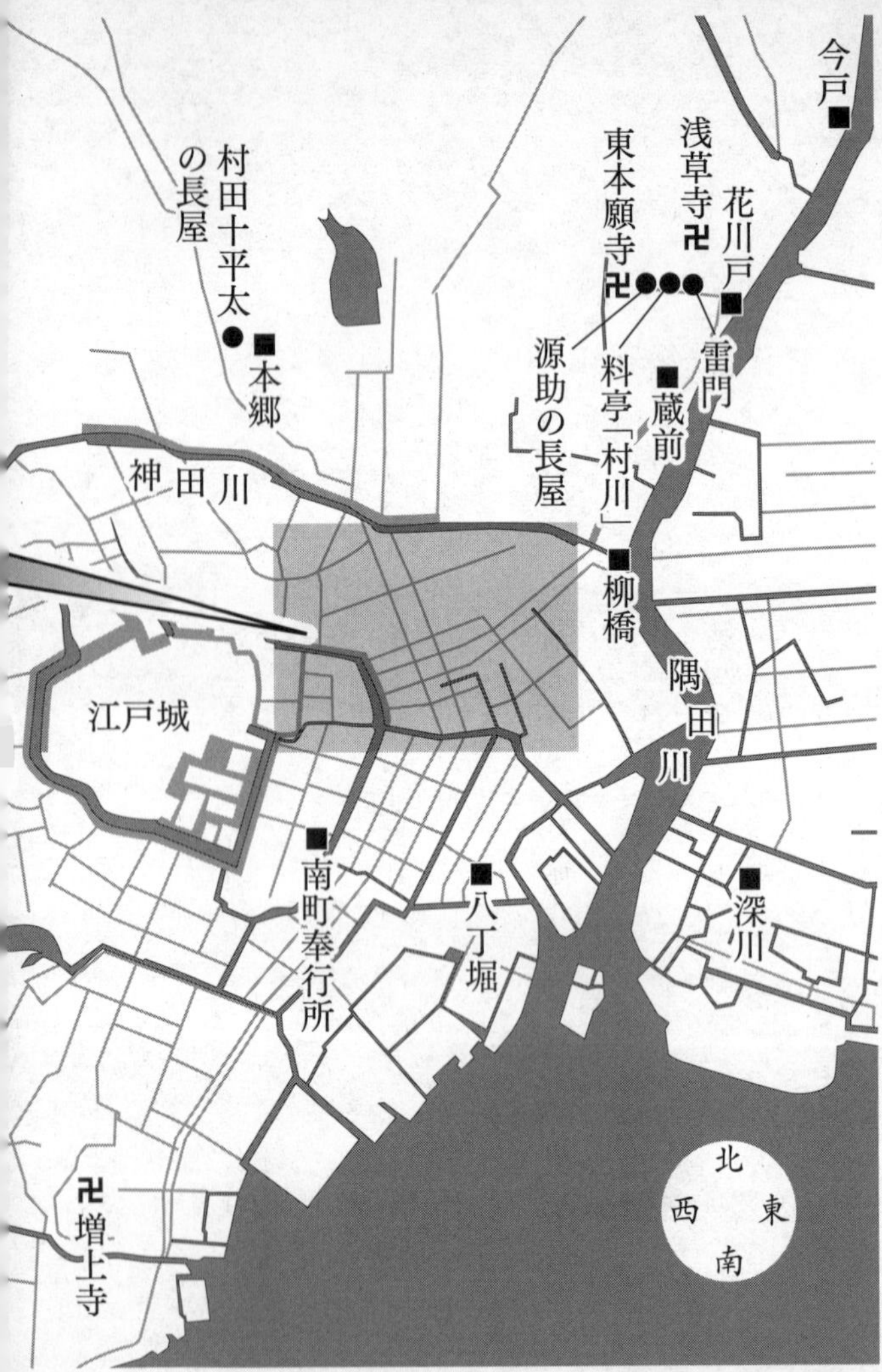

今戸
浅草寺
花川戸
東本願寺
村田十平太の長屋
本郷
雷門
源助の長屋
料亭「村川」
蔵前
神田川
柳橋
隅田川
江戸城
南町奉行所
八丁堀
深川
北
東
西
南
増上寺

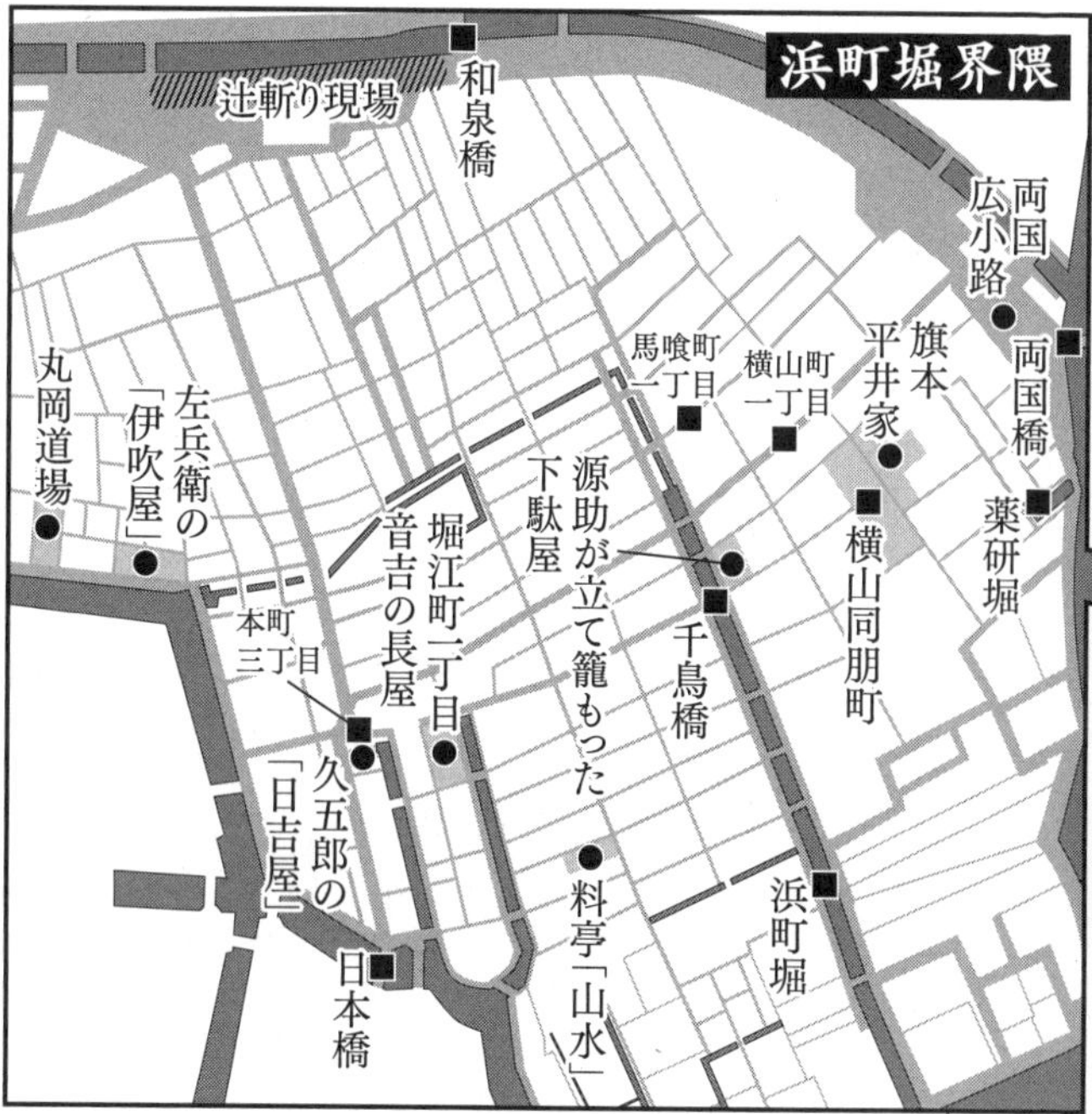
浜町堀界隈
辻斬り現場
和泉橋
両国広小路
両国橋
旗本平井家
馬喰町一丁目
横山町一丁目
薬研堀
横山同朋町
源助が立て籠もった下駄屋
千鳥橋
堀江町一丁目
音吉の長屋
本町三丁目
久五郎の「日吉屋」
左兵衛の「伊吹屋」
丸岡道場
料亭「山水」
浜町堀
日本橋

「袈裟斬り」の舞台

第一章　立て籠《こ》もり

一

強風は夜になっても止《や》まなかった。暗い夜空に白いものが飛んで行った。取り込み忘れた洗濯物らしい。

浜町堀《はまちようぼり》に沿った橘町《たちばなちよう》一丁目の表通りには下駄《げた》屋、小間物屋、絵草子《えぞうし》屋などの小《こ》商《あきな》いの商家が並んでいる。それらの小店《こだな》は間口一間《いつけん》半（約二・七メートル）から二間（約三・六メートル）、奥行きは四間（約七・二メートル）から四間半（約八・一メートル）で、二階建てである。

裏手には棟割《むねわり》長屋がひしめきあっている。

今、その表通りには八丁堀《はつちようぼり》の同心や岡っ引き、小者などが集まり、下駄屋の二階の窓に目が釘付けになっていた。

風烈廻《ふうれつまわ》り与力の青柳剣一郎《あおやぎけんいちろう》が礒島源太郎《いそじまげんたろう》と只野平四郎《ただのへいしろう》のふたりの同心をしたがえ

て、馬喰町《ばくろちょう》から横山町《よこやまちょう》を抜けて来たとき、橘町一丁目のただならぬ騒《さわ》ぎに気付いたのだ。

野次馬をかき分けて進むと、前方の二階家の下駄屋で、男が叫んでいるのがわかった。

二階の窓から上半身裸の胸毛の濃い男が火の付いた百目蠟燭《ひやくめろうそく》を片手に顔を出し、

「やい。お町《まち》と安次郎《やすじろう》はまだか。早く、ふたりを連れてきやがれ」

と、歯茎《はぐき》を剝《む》き出しにして怒鳴《どな》った。蠟燭の炎に照らされた男の顔は赤く染まり凄《すさ》まじい形相《ぎょうそう》だ。

「源助《げんすけ》。ばかな真似《まね》はやめろ。火を消せ」

定町廻り同心の植村京之進《うえむらきょうのしん》が大声で諭《さと》す。

「うるせえ。早く、お町と安次郎を呼んで来い」

源助は興奮している。

「源助。やめるんだ」

職人の親方ふうの男が訴える。

「親方、あんたはもう親方でもなんでもねえんだ、引っ込んでいろ」

「源助。なんていう言い方だ」

親方と呼ばれた男の隣にいた職人ふうの男が怒鳴っていた。

「うるせえ。てめえなんて関係ねえ」

以前、源助の兄弟子だったという男は悔《くや》しそうに二階を見上げるだけだった。

「どうしたんだ？」

剣一郎は京之進に声をかけた。

「あっ、青柳さま。じつは、源助という男が火の付いた蠟燭を持って……」

剣一郎は二階を見た。

蠟燭の炎で顔を赤く染めた男が目を血走らせて喚《わめ》いている。明らかに、正気を失っている。

「いつからだ？」

「はい。暮六つ（午後六時）前からです」

もう五つ（午後八時）を過ぎている。

「もう、一刻《とき》（二時間）も経《た》っているのか」

再び、親方が大声を出した。

「源助。おめえ、いい腕を持っているんだ。こんなことで、自分をおしめえにしちゃもったいねえ」

「じゃあ、なぜ、俺をやめさせたんだ」

「おまえが真面目に働けば、やめさせたりしなかった」

親方が説得している間に、岡っ引きが隣の家の窓に現れた。

「あんな女のことなんて、諦《あきら》めろ。他にいい女はたくさんいる。俺が探してやる」

「親方。今ごろ、そんなことを言ったって、だめだ。ゴミ屑《くず》みてえに放り出した恨《うら》みは忘れちゃいないぜ」

「源助」

親方が叫ぶ。

岡っ引きが手すりをまたいだ。屋根づたいに、源助のところに行こうとしたのだ。

しかし、源助が窓の傍《そば》にいるのでなかなか近づけない。

「やっ。誰でえ、誰か屋根に上がってきやがったな」

源助が窓から顔を覗《のぞ》かせ、隣を見た。あわてて、岡っ引きが引き返した。

「へたな真似をすると、火を付ける。俺はほんきだ」

源助は火の付いた蠟燭を障子《しょうじ》に近づけた。

「やめろ。引っ返させる。だから、早まるな」

京之進が必死に叫んだ。

「いいか、今度、ふざけた真似をしやがったら、こうだ」

源助が布の切れ端に蠟燭の火を付ける真似をした。

「源助。やめろ」

京之進が叫ぶ。

「うるせえ。岡っ引きを下ろせ。じゃないと」

源助は布に火を付けた。

「待て。下ろす。下ろすから早まるな」

あっ、と誰ともなく悲鳴のような声が上がった。火の付いた布を、源助が窓の外に放ったのだ。

小さな炎に包まれた布は折からの強風に煽《あお》られて頭上を飛んで行った。

手下たちがあわてて追う。

だが、途中で布の火は燃え尽《つ》き、火の粉が夜空に散って消えた。

「やい。早くしろ」

源助が叫ぶ。

「わかった」

京之進が応じる。

「源助。もう屋根には誰もいない」

「いいか。今度、しゃらくせえ真似をしたら、この家に火を付ける。俺はな、もう命なんてどうでもいいんだ」

源助が夜空に響くように怒鳴った。

「わかった。源助。落ち着け」

源助がいったん引っ込んだ。障子に淡《あわ》い明かりが映る。

再び現れた源助の手に蠟燭はない。

「いいか。蠟燭は部屋の真ん中に立てた。蠟燭が燃え尽きるまでに、ふたりを連れて来なければ、火は畳《たたみ》に移る。わかったか。それまでに連れて来い。それから、ちょっとでも、俺が暴れたら蠟燭は倒れる。倒れたら、たちまち火の海だ」

源助は喚いた。

「まずい。野次馬を遠ざけろ。それから火消しを待機させろ」

剣一郎は儀島源太郎と只野平四郎のふたりに命じた。

「はい」

ふたりが野次馬のほうに飛んで行く。

「付近の住人はどうした?」

「いちおう、避難するよう伝えました」

「避難を徹底させろ」

「はい」

京之進は岡っ引きに命じた。

「源助は何を要求しているのだ?」

「はい。女房のお町と駆け落ちした安次郎という男を呼んで来いと騒いでいるのでございます」

京之進が答えた。

「駆け落ち?」

「はい」

源助は花川戸にある蠟燭屋の職人だった。腕はいいが、酒と博打《ばくち》好き。そして、気に入らないことがあると、すぐに女房のお町に手が出る。そんなありさまだから、お町は源助に愛想《あいそ》をつかし、安次郎という板前の男と逃げてしまったのだ。

それが半年ほど前。それ以来、源助はお町を探し廻り、仕事もせずに呑《の》んだくれの毎日を過ごして来た。

「ところが、源助はこの家の二階にお町と安次郎が居《い》候《そうろう》していることを嗅《か》ぎつけ、押しかけたんです。ちょうど、ふたりとも留守だったので、勝手に上がり込んでふたりの帰りを待っていたようでした。でも、なかなか帰って来ないので、源助はあのように蠟燭を持って、お町と安次郎を呼んで来いと」

「お町と安次郎は？」

「今、手分けして探しているのですが、どこにいるかわかりません」

京之進が焦《あせ》ったような顔で答える。

説得に失敗した親方が苦虫を嚙《か》み潰《つぶ》したような顔で戻って来た。

「あの野郎。どうかしていやがる」

「おい、お町と安次郎はまだか」

京之進が町役人に声をかけた。

「まだです」

うろたえたような声が返った。

「青柳さま。よ組の藤三郎《とうざぶろう》でございます」

刺子半纏《さしこばんてん》を着た肩幅のがっしりした中年の男が、剣一郎に声をかけた。

「おう、藤三郎か。見てのとおり、この風だ。万が一ということがある。火がこの家に燃え移ったと想定して、対処してくれ」

「わかりました」

藤三郎は後ろに控えていた鳶口《とびぐち》を持った男に、全員、集めろと命じた。

火消しの連中は機敏に動き、風下のほうに向かって走った。

強風は止む気配がない。この風は、火の粉を相当遠くまで運ぶはずだ。ひとたび、蠟燭の火が家屋に燃え移れば、たちまちこの一帯は火の海と化すだろう。

「皆、いったん下がれ」

剣一郎は同心や町役人たちを後方に下がらせた。源助を刺激しないほうがいい。一階には岡っ引きや他の同心がもぐり込んでいるが、梯子段《はしごだん》の上は板で塞《ふさ》がれて踏み込めないのだ。

ひとりで、剣一郎は窓の下に近づいた。

「源助。私は八丁堀与力の青柳剣一郎だ」

剣一郎は大声を張り上げた。

「青痣《あおあざ》与力の頼みでも聞かねえ。お町と安次郎を呼んでくれ」

青痣与力だとわかるということは、まだ正気が残っていると、剣一郎は安堵《あんど》した。

「源助。おまえの気持ちはよくわかる。裏切った女房と男を八つ裂きにしてやりたい気持ちは身に染《し》みてわかる」

「旦那にわかるものか」

源助は大声を張り上げた。

「俺は人生を狂わされたんだ。もう、失った時間は戻っちゃこねえ。あの女のために、俺の一生は……」

源助は涙声になった。

「そうか。辛《つら》かっただろうな」

「何度死のうと思ったかしれねえ。でもな、お町と安次郎に復讐するまでは、ときょうまでもだえ苦しみながら堪《こら》えて来たんだ。ふたりを殺して、俺も死ぬ」

「落ち着け、源助」

「旦那。ともかく、お町と安次郎を呼んで来てくれ」

「今、探している。もうしばらく待て」

「嘘《うそ》だ。ふたりを匿《かくま》っている奴がいるんだ。さあ、早いとこ、連れて来い」

「わかった。もう少し、待て」

剣一郎はこのままでは危ないと思った。

「源助」

剣一郎は二階に向かって声をかけた。

「源助。今、お町と安次郎を探している。それまで、おまえとじっくり話がしたい。ここでは遠すぎる。部屋に入れてくれないか。へんな真似はしない」

「旦那。いくら青痣与力の頼みでも、そいつはならねえ。それに、話すことなんてねえ」

「蠟燭が燃え尽きるまで、あとどのくらいだ？」

「半刻（一時間）足らずだ。それまでに、ふたりをここに連れて来るんだ」

「源助」

京之進が声をかけた。

「半刻なんて無理だ。もう少し、余裕をくれ」

「時間稼《かせ》ぎをしても無駄だ。半刻も待てば、風も弱まると思っているんだろうが、そんな手に乗るか」

橘町一丁目付近には町方だけでなく、火消しや町内の若い者たちが集まっていた。町中でも若い者たちが警戒を強めていた。

それに、近所の者たちも危険を察し、大八車に荷物を積んで避難をはじめ、ごった返していた。

ひとたび出火すれば、かなりの距離まで飛び火するだろう。

怖いのはそれだけではない。この騒ぎに便乗《びんじょう》しての盗み狼藉《ろうぜき》だ。

剣一郎はふと若き日のことを思い出していた。

屈強な三人連れの浪人が人質をとって、ある商家に立て籠《こ》もっていた。そこに来合わせた剣一郎は単身で乗り込み、たちまち浪人を倒し、人質を奪い返した。

そのときに受けた左頬《ほお》の傷が痣となり、青痣与力と異名をとるようになったのだが、それは剣一郎の豪胆《ごうたん》さの証《あかし》とされた。

その痣のおかげで、穏《おだ》やかな剣一郎の顔つきは精悍《せいかん》なものに映り、ひとびとの尊敬を受けるまでになった。

だが、決して、剣一郎は豪胆な人間でも勇気があったわけでもない。

ただやけくそになっていただけなのだ。

「青柳さま」

京之進が呼んだ。

「お町が見つかりましたが、本人はここへ来るのを拒否しているそうです」

「安次郎は？」

「まだです」

「お町は今、どこにいる？」

「とりあえず、自身番まで連れて来ました」

「よし、わしが会おう」

剣一郎は自身番に向かった。

野次馬はすでに遠ざけられていた。目に入るのは警戒に当たっている者たちだけだ。

玉砂利《たまじやり》を踏んで自身番に入ると、狭《せま》い自身番の隅で、二十代半ばと思える女が怯《おび》えたように俯《うつむ》いていた。

「青柳さま」

番人が座を空けた。

「お町か」

剣一郎は声をかけた。

こわごわ、お町は顔を上げた。

「事情は聞いたと思う。ともかく、協力して欲しい。今の源助をなだめるには、そなたの力を借りるしか手がないのだ」

「いやです」

お町は拒否した。

「もう、あんな男の顔なんて見たくもありません」

「そなたに指一本触れさせはせぬ。このままでは、源助は火を付けて自殺しかねない」

「自業自得《じごうじとく》です」

「もし、火を放ったら、大火事になる。なんの罪もないひとたちが焼け出されることになる。怪我人《けがにん》だって出るやも知れぬ。そんな事態だけは免《まぬが》れたいのだ」

剣一郎は必死に説得する。

「私には関係ありません」

「源助はそなたを連れて来いと騒いでいるのだ。そなたの顔を見れば、落ち着くかもしれぬ。大勢の者のためだ。お町。頼む」

剣一郎は頭を下げた。

「そんなことされても……」

お町は泣きそうな顔になった。

「決して、そなたに危害は加えさせぬ」

剣一郎はお町の心が揺れ動いたのを見て、

「こんな騒ぎを起こした源助はお咎《とが》めを受ける。へたをすれば遠島《えんとう》だ。この場を切りぬければ、そなたも晴れて源助の手から自由になろう。だが、このまま、源助を死なせてみろ。そなたには、後味の悪い思いがずっと残るはずだ」

　剣一郎はふと気づいて、

「安次郎はどこにいる？」

と、訊《たず》ねた。

「お店です。たぶん、お店にいるはずです」

「板前だったな」

「はい」

「そうか。そなたひとりでもいい。頼む」

　剣一郎はもう一度頭を下げた。

「青柳さまに、頭を下げられちゃ……」

　お町は泣きそうな顔で言った。

「では、来てくれるか」

「仕方ありません」

　お町は頷《うなず》いた。

「よし。きっと、そなたの身は守る」

剣一郎がお町を伴《ともな》い、現場に戻ると、辺りは緊張感に包まれていた。

「どうしたのだ？」

「あそこ」

同心が指さした方角に、武士が小柄《こづか》を構えていた。

「ばかな」

剣一郎はあわてて駆け寄った。

「お武家さま。おやめください」

もし、し損じたらたいへんなことになる。いや、小柄が源助の首を貫《つらぬ》いたとして、源助が倒れれば、畳の上に置いた蠟燭も倒れる。

「邪魔立てするな」

「もし、し損じたら一大事にございます。この強風下では、小柄は流されてしまいます」

「うむ」

武士が小柄を下ろし、剣一郎に顔を向けた。背の高い、色白の侍だ。鼻筋が通っている。憂《うれ》いを帯びた顔だが、目付きが鋭い。二十四、五歳だろう。

「早く始末せねば、たいへんな事態になる」

「お武家さまは？」

「俺は平井大二郎《ひらいだいじろう》だ。そこの屋敷の者だ。火の粉が飛んで来たら屋敷が危うくなる」

千八百石の旗本、平井嘉右衛門《かえもん》の息子のようだ。

「あの者をへたに刺激してはなりませぬ。それこそ、たいへんなことになりまする」

剣一郎の訴えに、平井大二郎は片頰を歪《ゆが》めて引き下がった。そのあと、麝香《じゃこう》の匂いが残った。匂い袋を身につけていたようだ。

剣一郎は改めて二階に顔を向けた。

「源助」

剣一郎は二階に呼びかけた。

「お町を連れて来た」

「お町、来たか」

源助が窓の手すりに手をかけ、身を乗り出した。

「お町か。よし、お町、ひとりで上がって来い」

源助が大声で呼びかけた。

「源助。無茶な真似はせぬな」

「話次第だ。安次郎はどうした？」

「まだだ」

「まあいい。お町だけここに寄越せ」

「わかった」

剣一郎はお町を連れて、二階家に向かった。

店内に入り、奥に行くと梯子段があった。しかし、梯子段の上は板で塞がれて二階に上がることは出来ない。

梯子段の途中で、剣一郎は声をかける。

「源助。お町はここにいる」

剣一郎はお町に目配せをした。

お町は頷き、

「おまえさん」

と、声をかけた。

「お町。よく来た。さあ、今そこを開ける。旦那」

源助が怒鳴った。

「旦那は離れろ。お町だけだ。旦那は窓の下に行け。旦那が窓の下に見えたら、この板を外す」

「源助。それは無理だ。私もいっしょだ」

剣一郎はお町だけを源助の傍にやることは出来なかった。

「だめだ。お町だけだ」

「源助」

「青柳さま。だいじょうぶです」

お町が気丈に言った。

「いや。万が一のこともある」

剣一郎は言ったが、お町は思い詰《つ》めた目で、

「なんとか、説得してみます」

と、悲壮な覚悟を見せて言った。

「よし」

迷った末に、剣一郎は決断した。

「お町。気をつけてな」

「はい」

「源助。俺は行く」

「よし。もし、いっしょに上がって来たら、蠟燭を倒す」

「心配するな。お町だけだ」

剣一郎はお町を残し、店の外に出た。

「源助。外に出たぞ」

剣一郎が二階に呼びかけた。

源助が窓から剣一郎を確認する。

「よし」

源助の姿が消えた。梯子段に向かったのだ。

そのとき、京之進があっと叫んだ。

隣の屋根づたいに、侍らしき者の影が映った。様子を窺《うかが》い、男が窓から部屋に飛び込んだ。

次の瞬間、火が消えた。そして、源助が悲鳴を上げた。

火の消えた蠟燭を持って、侍が窓から顔を出した。平井大二郎だった。

「終わった」

その瞬間、集まっていた者たちから歓声が上がった。

剣一郎は二階で大見得《おおみえ》を切っている平井大二郎を複雑な思いで見た。さきほどの憂いを帯びた顔から一転し、何かに心を奪われ、うっとりした顔付き。口もとには微かに笑みが浮かんでいる。剣一郎は、ふと大二郎から不気味さを感じとった。

大二郎は梯子段を覆《おお》っている板を外そうとしている源助の隙《すき》をついて窓から躍《おど》り込んだのだ。

源助がどうなったのか、考えるまでもないことだ。

京之進たちが現場に向かった。

剣一郎も行こうとしたとき、少し離れたところから厳しい顔で、大二郎を睨《にら》んでいる男に気づいた。

四十過ぎの男だ。背が高く、痩《や》せている。苦み走った顔。気になったが、剣一郎も現場に急いだ。

梯子段を上がると、二階の部屋で、源助が肩から斬《き》られて絶命していた。見事な袈裟斬りだった。

二

翌朝、出仕した剣一郎は宇野清左衛門《うのせいざえもん》に呼ばれ、年番方の部屋に行った。

「ゆうべ、たいへんな騒ぎだったそうだな」

いつものいかめしい顔を向け、宇野清左衛門が言う。

「はい。立て籠もった源助という男の心は乱れ、まさに限界に達しておりましたゆえ」

剣一郎は重たい石を抱えたような心持ちで続けた。

「しかし、源助を死なせてしまったことは不覚にございました」

剣一郎は平井大二郎を制止できなかった自分を責めた。

「あのような場面ではやむを得なかったであろう」

宇野清左衛門はなぐさめてから、

「じつは長谷川《はせがわ》どのがお呼びだ」

と、ため息混じりに言った。

「長谷川さまが？」

剣一郎はいやな予感がした。また、何か難癖《なんくせ》をつけられるのだろう。何かと剣一郎につらく当たるのは、宇野清左衛門に言わせれば嫉妬《しっと》であろうという。

剣一郎の評判が高まれば高まるほど、長谷川四郎兵衛《しろべえ》はおもしろくなさそうだった。

しかし、そればかりではない。

内与力という役職に批判的な剣一郎を、長谷川四郎兵衛は許せないと思っているのだ。

　長谷川四郎兵衛はお奉行の家来であり、就任と同時に内与力として奉行所に入って来た人間である。

「では、行くとするか」

　宇野清左衛門が立ち上がったので、剣一郎も腰を浮かせた。

　年番方の部屋を出て廊下を曲がり、内与力の部屋近くにある小部屋に赴《おもむ》いた。

　しばらくして、長谷川四郎兵衛が不機嫌そうな顔で現れた。例によって、剣一郎に敵意を剥き出しにした顔つきだ。

「ゆうべの件、青柳どのが指揮をとりながら、なんたる失態」

　いきなり、長谷川四郎兵衛が激しい口調で言った。

「申し訳ありませぬ。危険が迫っていたとはいえ、立て籠もった源助を死なせてしまったこと、まったくもって不覚でございました」

　剣一郎は甘んじて非難を受けた。

「そのようなことではない」

　いらだったように、長谷川四郎兵衛は扇子《せんす》の先で畳を一度、叩いた。

「では？」

長谷川四郎兵衛がいらだったのは、源助を死なせてしまったことではないようだ。

剣一郎は問い返す。

「源助を仕留め、事件を無事に解決させたのは、旗本平井嘉右衛門どののご次男の大二郎どのであったというではないか」

「はい。さようにございます」

「さようにございますだと。よくも、おめおめと、そのように答えられるものだ」

長谷川四郎兵衛はしかめっ面をし、

「確かに、大二郎どのはお手柄であった。しかし、奉行所の人間が何の役にも立たなかったことが情けない。もし、ゆうべ、大二郎どのが来合わせなければ、どのような事態になっていたか。それを思うと、身の毛がよだつ」

「はあ、申し訳ありませぬ」

剣一郎は逆らわぬことにして頭を下げた。

源助を殺してはならなかったのだ。あのとき、お町もやって来た。源助がお町に危害を加えないという保証はなかったが、それでも、まだ切羽《せっぱ》詰まった状態ではなかった。

源助がほんとうに殺したかったのは安次郎のほうだったはずだ。いや、ふたり同時だったかもしれない。

お町の説得に、源助が折れた可能性もある。お町の顔を見れば、源助の激情も鎮《しず》まったかもしれないのだ。

そのことを言っても、長谷川四郎兵衛には通じないだろう。

「改めて、うちのお奉行より、大二郎どのに御礼を申し上げることになるであろう」

「御礼ですと」

剣一郎はつい反論しかかった。

「なんだ、何か文句があるのか。己《おのれ》の未熟さを棚《たな》に上げ、大二郎どのに嫉妬しているのではあるまいな」

「違います。大二郎どののご処置、果たしてほんとうに正しかったのかどうか」

「何を申されるか。一歩間違えば、大惨事《だいさんじ》を招きかねなかったのだ。その間、住人は避難をし、たいへんな騒ぎだったと聞く。もっと早く解決せねばならなかったのだ」

長谷川四郎兵衛は言いたい放題だった。

「よいか。今後、二度とこのような不始末をしでかしたら、なんらかの処分を考えねばならぬ。このこと、しかと胸に刻《きざ》みおくように」

長谷川四郎兵衛は立ち上がった。

「何が、青痣与力だ」

聞こえよがしに言い、長谷川四郎兵衛は部屋を出て行った。

「青柳どの。気になさるな」

宇野清左衛門が声をかけた。

「残念ですが、長谷川さまの言い分も一理あります」

剣一郎は徹底的に反論が出来なかった。

平井大二郎に救われたことは事実だ。万が一のときは、たいへんな事態になっていた。それを回避出来たのは平井大二郎のおかげである。そのことは認めなければならない。

年番方の部屋の前で、宇野清左衛門と別れ、剣一郎は与力部屋に戻った。

すぐに見習い与力の坂本時次郎《さかもとときじろう》が茶をいれてくれた。

「すまない」

一礼したが、坂本時次郎はすぐに立ち去ろうとしない。

「どうかしたか」

伜剣之助《せがれけんのすけ》と同じ時期に見習いに出た男で、剣之助とは親友同士である。

おそらく、剣之助のことで何かききたいのであろうと、剣一郎は時次郎の大人びてきた顔を見た。

「はい。剣之助どのからお手紙をいただきました」

時次郎はうれしそうに言った。

「ほう。そうか」

「そろそろ、江戸に帰りたいとのことでした」

「うむ。そのようだ。帰るのはもうしばらく先のことになると思うが、そのときはまた仲良くしてもらいたい」

「こちらこそ。会うのが楽しみです」

坂本時次郎は明るい表情で去って行った。

熱い茶を飲みながら、剣一郎は先日届いた剣之助からの文《ふみ》を思い出した。その中で、剣之助は、近々酒田《さかた》を出立《しゅったつ》したいと書いていた。

酒田では豪商『万屋《よろずや》』の主人庄五郎《しょうごろう》の世話を受けている。その庄五郎が商売で江戸に行くことになり、出来たらいっしょに酒田を発《た》ちたいという。

江戸に帰り、脇田《わきた》さまにお詫《わ》びを申し上げます、とも記されていた。

旗本脇田清右衛門《せいえもん》の次男清十朗《せいじゅうろう》との祝言《しゅうげん》を控えていた志乃《しの》を奪い、剣之助は志乃を伴い酒田に向かった。

志乃は近習番組頭小野田彦太郎《おのだひこたろう》の娘であるが、剣之助と知り合ってからふたりは恋仲になっていた。

脇田家では、志乃に逃げられた屈辱《くつじょく》よりも世間に対する恥《はじ》を慮《おもんぱか》り、派手に騒ぎ立てをすることはなかったが、恨みは大きかったはずだ。

あれから一年余。清十朗も晴れてある旗本の娘との婚約が整い、祝言を挙げることになったという。もう、許しを得られるのではないかという思いも剣之助にはあるのだろう。

志乃の父親小野田彦太郎は脇田家には何度も詫びに行っている。いずれにしろ、剣之助が戻って来る。そう思うと、剣一郎は知らず知らずのうちに心が浮き立ってくる。

そもそも、剣之助があのような挙に出たのも、脇田清十朗が女にだらしがなく、評判の悪い男だったからだ。もし、清十朗が立派な男ならば、剣之助は志乃の仕合わせを願って、引き下がったはずなのだ。

そう思ったとき、きのうの源助とお町のことを思い出した。

源助は酒好きで博打好きだったという。気に食わないことがあると、お町に暴力を振るった。だから、お町も逃げ出したのだろう。

まさか、脇田清十朗が源助のようになるとは思えないが、剣一郎はふと不安を覚えた。清十朗の嫁となる娘がどんな女なのか、清十朗の心をしっかりとつなぎ止められるような女なのか、気になった。

茶を飲み干してから、剣一郎は立ち上がった。


剣一郎は供の忠助《ちゅうすけ》を連れて、奉行所を出た。きょうは一転して、風もなく、新緑が目に鮮やかで、初夏の穏やかな日和《ひより》だった。

日本橋《にほんばし》の大通りを歩きながら、もしきのう火事になっていたら、このあたりまで延焼したかもしれない、だとしたら平井大二郎に感謝しなければならないのかと、剣一郎は迷った。

売り切ったのか、空になった盤台《はんだい》を担いだ魚屋が追い抜いて行く。日本橋を渡り、本町《ほんちょう》三丁目の角を曲がって、やがて、ゆうべの騒ぎがあった橘町一丁目にやって来た。

小商いの商家の並ぶ通りを往来するひとも、きのうの騒ぎのことを忘れたかのように、穏やかな顔をしている。

源助が立て籠もった下駄屋はきょうは店を閉めていた。二階の部屋は畳替えをしているようだった。源助の血がこびりついたり、蠟燭の蠟が垂れたり、焦げ目が出来たりして、使いものにならないはずだ。

剣一郎は自身番に顔を出した。

「青柳さま。さあ、どうぞ」

詰めていた家主《いえぬし》が上がり框《がまち》に腰を下ろすように言う。

「いや。すぐ、引き上げる。その後、何事もないか」

「はい。だいじょうぶでございます。それにしても、ゆうべは肝《きも》を冷やしました」

家主はほっとしたように言う。

「出来たら、源助を殺したくなかったが……」

剣一郎は後悔する。もっと、他に手立てがあったのだ。そう思うと、またも胸が針で刺されたように痛む。

「お町はいかがしている?」

剣一郎は気になってきいた。

「はい。さっき顔を出したとき、寝込んでおりました。無理もありません。目の前で、源助が斬られたのでございますから」

家主は同情した。

「一時的にそこに移っています」

「どこにいるのだ？」

「裏長屋でちょうど空いている家があったので、一時的にそこに移っています」

「安次郎は帰って来たのか」

「へえ、ゆうべ、騒ぎが収まったあとに帰って来ました。顚末《てんまつ》を聞き、驚いておりました。なんでも、得意先でお呼ばれして、つい呑み過ぎたってことです」

「きょうも働きに出たのか」

「いえ。きょうは仕事を休んで、お町さんの看病をすると言ってました」

「それは都合がよい。では、ちょっと顔を出してこよう」

「じゃあ、ご案内いたします」

家主は立ち上がった。

「すまぬな」

「いえ、すぐ近くでございますから」

剣一郎は家主の案内で自身番から裏長屋に向かった。

源助が立て籠もった二階建ての下駄屋の裏に、お町が仮に住む長屋があった。家主が路地を入って行き、とば口からふたつ目の腰高障子の戸を叩いた。

「ごめんよ」

戸を開け、家主が入り、すぐに出て来た。

「では、私は」

家主が引き上げた。

剣一郎は狭い土間に入った。

「青柳さま。ゆうべは失礼いたしました」

お町が青白い顔を向け、気丈に答えた。出かけているのか、安次郎の姿は見えない。

「どうだ、気分は」

「はい。どうにか」

お町は虚《うつ》ろな目を向けた。

自分の目の前で、源助が斬られたことで、お町は激しい衝撃を受けたようだった。

「青柳さま」

お町は絞《しぼ》り出すような声を出した。

「源助さんは、ほんきで火を付けようなどと思っていたはずはありません。あのひとはそんな大それた真似の出来るひとじゃありません。私を殺すと騒いでいたのも、口先だけのことでした」

「ほんきでそう思うのか」

剣一郎はお町の目を見つめてきく。

「はい。あのひとは私が説得すれば必ずおとなしくなったはずです」

お町はそう思いたいのだろうが、源助の様子はふつうではなかった。だから、必ずしも、お町の言うようにおとなしくなったとは思えない。

おそらく、あの現場にいたほとんどの者は源助が火を付けるかもしれないと怯えていたはずだ。だが、それでも、お町が言うように、源助を殺す必要はなかったと、剣一郎は思うのだ。

ゆうべの現場で、指揮をとったのは剣一郎だ。皆、剣一郎の命令にしたがって、立ち働いた。

しかし、平井大二郎は剣一郎の指揮下になく、勝手に動いたのだ。それを制しえなかったのは剣一郎の責任でもある。

「青柳さま。確かに、あんな騒ぎを起こした源助さんが一番悪いに決まっています。でも、何も殺さなくたって」

お町は胸に手をやった。

「確かに、源助を殺すべきではなかった。私も、殺してしまったことは慙愧《ざんき》に堪《た》えない。だがな、あの強風の中、一歩間違えれば大惨事になっていたかもしれぬ。かりに、源助が脅《おど》しだけだと思っていたにしても、多くのひとびとが恐怖を味わっていたのも間違いない。そう考えると、一概《いちがい》に平井大二郎どのの所業《しょぎょう》を責めるわけにはいかないのだ。いや、ほとんどの者は、そのことに喝采《かっさい》を送っているといってよい」

「そのようですね」

お町は唇《くちびる》を噛んだ。

「お町。源助はたとえ生きたまま捕らえられたとしても、火を放とうとしたことは重罪だ。死罪を免れたとしても、遠島にはなったであろう。それから、そなたには何の罪もない。源助が勝手に、そなたたちの名を出しただけなのだ。決して、責任を感じることはないのだ」

「はい、ありがとうございます」

お町は頭を下げた。

剣一郎は外に出た。きのうの強風が塵《ちり》を払ったので、空気は澄み、透《す》き通るような青空が広がっていた。

このまま奉行所に引き上げようとしたが、剣一郎は何か喉《のど》に小骨が引っ掛かったように、気にかかるものがあった。

それが何なのか、はっきりしない。だが、ゆうべの騒動に関わりがあることは間違いないだろう。

日本橋橘町一丁目から両国《りょうごく》橋に向かう途中、旗本屋敷に出た。

千八百石の旗本平井嘉右衛門の屋敷である。通りに面して長屋門があり、家来の住む長屋が続いている。敷地は六百坪以上はあろう。

源助を斬った平井大二郎はこの屋敷の部屋住みだ。

剣一郎が屋敷の前を行き過ぎようとしたとき、ふいに長屋門の脇の門が開き、派手な袴《はかま》の武士が出て来た。

平井大二郎だった。

「おや。ゆうべの与力どのではないか」

平井大二郎は剣一郎に馴れ馴れしく声をかけてきた。不浄役人という意識があるのだろう。罪人を扱うため、奉行所の与力・同心は他の武士たちからは蔑《さげす》まれていた。

それだけでなく、きのうの始末に批判的だったので、剣一郎を快く思っていないに違いない。そう考えていたので、大二郎の親しげな態度は意外だった。

「昨夜はごくろうさまにございました」

剣一郎は昨夜のことを労《ねぎら》った。

「いや、大事に至らずよかった」

何がおかしいのか、大二郎は高笑いをして去って行った。そのうしろ姿を見送ったが、剣一郎はどこか釈然としないものがあった。

ふと誰かの視線を感じた。

あたりを見回したが、それらしき人物の姿はない。剣一郎は、両国広小路《ひろこうじ》に向かい、それから浅草御門《あさくさごもん》を抜けた。

蔵前《くらまえ》通りを蔵前、駒形《こまがた》と過ぎ、吾妻橋《あずま》の袂《たもと》から花川戸《はなかわど》にやって来た。

蠟燭職人の親方、政五郎《まさごろう》の家はすぐわかった。ゆうべ、源助を説得していた男だ。

広い土間の木枠の中で、蠟燭職人がふたり、晒蠟《さらしろう》を灯心に手のひらで練り重ねている。出来上がった蠟燭が木枠に立てかけられている。

政五郎が気づいて顔を向けた。

「これは青柳さま」

政五郎は立ち上がった。

「仕事の手を止めさせてすまない。少し、源助のことを教えてもらいたいと思ってな」

「よろしゅうございます。さあ、どうぞ、こちらへ」

と、政五郎は板の間のほうに招じた。政五郎が板の間の上で畏《かしこ》まる。

剣一郎は上がり框に腰を下ろした。

「源助はああやって働いていたのか」

剣一郎は仕事場に目を向けてきいた。

「さようです。ご覧のように、晒蠟をああやって手のひらで何回も何回も練り重ねていきます。根気のいる仕事ですが、源助はもくもくと働いておりました」

「いい腕を持ちながら、酒と博打に身を持ち崩《くず》したのか」

「へえ。根は真面目な男なんですが、どうも酒癖が悪くて。酒を呑んじゃいけねえと、口を酸《す》っぱくして言っていたんですが」

「お町と所帯を持った頃も酒を呑んでいたのか」

「たぶん、お町さんとの仲がうまくいかなくなってから、よけいに呑むようになったんだと思います」

「お町との仲はだいぶ前からおかしくなっていたのか」

「さようですね。二年くらい前からでしょうか」

「ときに暴れて、お町に殴《なぐ》る蹴《け》るの仕打ちをしたというが、それはお町との仲が悪くなってからのことか」

「さあ、どうなんでしょうか」

「まあ、源助もそんなことを他人には言うまいからな」

「はい」

「安次郎という男のことは知っていたか」

「いえ」

「お町がいなくなったあと、源助はお町を探したのか」

「ええ。もう仕事も手につかず、毎日狂ったようにあちこちを尋ね歩いておりました。しばらくしてから、博打場に顔を出すようになり、もう働かなくなっておりました。酔っぱらっては喧嘩《けんか》をし、生活は荒れてきて」

政五郎は渋い顔をし、

「これじゃだめだと思って、辞《や》めてもらったんです」

「どうして、源助はお町の居場所がわかったのだ？」

「さあ、わかりません。ここを辞めてから、ほとんど会っていませんでしたから」

「源助の住まいはどこだ？」

「うちで働いているときは、この近くに住んでいましたが、仕事をしなくなってから東本願寺《ひがしほんがんじ》裏の掃《は》き溜《だ》め長屋に住んでいたそうです」

「わかった。邪魔をした」

剣一郎は花川戸から賑《にぎ》わっている雷門《かみなりもん》前を過ぎ、東本願寺の裏手にやって来た。

掃き溜め長屋は今にも倒れそうな棟割長屋だった。破れた墨染《すみぞ》めの衣を着た願人坊《がんにんぼう》主《ず》がとば口の家から出て来た。

「源助の住まいはどこかな」

「いえ、あっしはそこの紙屑《かみくず》買いの男に用があって訪ねて来ただけで、よくわかりません。ちょっと待ってください」

願人坊主は今出て来た家に入って行った。

すぐに出て来たが、その後ろから痩せた髭《ひげ》もじゃの男が出て来た。

「源助の家はこの隣ですが」

見た目より若そうな男だ。

「源助がゆうべ死んだことを知っているか」

「へえ、びっくりしました。かみさんに逃げられたらしく、いつも呑んだくれておりましたが」

男はしんみり言う。

「源助はかみさんを探しまわっていたのか」

「いえ、最近は諦めたのか、あんまり出歩かなくなっていました」

「出歩かない？」

「へえ。いつも、この辺りの呑み屋で呑んだくれていました」

「金は？」

「借金ですよ」

妙だ。あまり出歩かないのに、どうして、お町の行方《ゆくえ》がわかったのか。

「源助のところに誰か訪ねてくる者はいたか」

「いえ、めったにおりません」

「たまにはいたのか」

「最近、昔の仕事仲間だというのが一度やって来ました」

「どんな男だ？」

「へえ。二十五歳ぐらいの大柄な男でした。四角い顔でした」

「きのうはどうだ？」

「さあ。きのうはあっしも仕事で出ていましたから」

「あっしは見かけましたぜ。その男が源助といっしょにいるところを。きのうの夕方でした」

　願人坊主が横合いから口を入れた。

　きのうの夕方では、お町たちのところに向かうところだ。

「どこでだ？」

「浅草御門の前です。源助といっしょにいた男は、確かに二十五歳ぐらいの体の大きな男でしたぜ」

「その男の顔を覚えているか」

「会えばわかると思います。確か、太い眉《まゆ》をしていました」

　願人坊主が言う。

　その男が、お町の居場所を教えたようだ。

「その男のことで何かわかったら、知らせて欲しい。自身番で青柳剣一郎に伝えてもらいたいと言えばいい」

「わかりやした。これから、一回りして来ますので、注意しておきます」

「これから、仕事か」

　剣一郎はきく。

「へえ。さいです」

剣一郎はふたりに別れを告げた。

もう一度、蠟燭職人の政五郎のところに戻った。

源助といっしょにいた二十五歳ぐらいの大柄な男について訊ねたが、心当たりはないということだった。

その夜、剣一郎は夕食のあと、部屋に戻ってから源助のことを考えた。

源助は最近は呑んだくれて、ほとんど遠くに出ていなかった。だから、源助が浜町堀の近くの橘町一丁目に住むお町を見つけ出せるはずがない。

誰かが教えたのだ。

源助の連れの男が気になる。その男がお町の居場所を教えたのであろう。その男は源助とはどういう間柄だったのか。親方の政五郎や他の職人たちも知らなかった。いったい何者なのか。

源助はもともと酒癖が悪かったという。お町はそのことを知らずにいっしょになったのだろう。だが、源助の本性に気づいて、所帯を持ったことを後悔しはじめた。

そして、どこかで安次郎と知り合い、ついにいっしょに逃げた。そういう筋書きであろう。

お町は、橘町一丁目の下駄屋の二階で暮らすようになった。その居場所を突き止めたのが、源助と一緒にいた二十五歳ぐらいの男だ。

その男は何者なのか。源助とどのような関係なのか。どうやって、お町の居場所を突き止めたのか。

剣一郎は立ち上がり、濡《ぬ》れ縁《えん》に出た。

月が出ている。酒田で、剣之助もこの月を眺めていることだろう。たくましくなった剣之助に会うのが楽しみだ。

「父上」

るいの声がした。

顔を向けると、るいが傍に来ていた。

「どうした？」

すっかり大人びて美しくなった我が娘を、剣一郎はまぶしく見つめる。ますます、母親に似て来た。最近では、八丁堀小町といわれ、若い男も目を奪われているらしい。それはそれで、心配なことである。

「兄上。そろそろお帰りになるそうですね」

るいが笑みを湛《たた》えてきいた。

「うむ。そんな文が来た」

「楽しみです」

「剣之助も、そなたを見たら、驚くだろう」

「あら、どうしてですか」

「すっかり女らしくなったからな」

「るいはちっとも変わっていませんわ。それより、兄上のほうこそ、お変わりになったでしょうね」

ふと、るいは寂しそうに言う。

「いや。剣之助は変わらない。たくましくなっただろうが、中身はるいの兄のままだ」

「そうだとうれしいのですが」

「また、賑やかになるな」

剣一郎はふと顔を綻《ほころ》ばせた。

「早く、お会いしとうございます。お志乃さま、いいえ、義姉《あね》上にも」

そう言い、るいは去って行った。

剣之助夫婦がこの屋敷で暮らすには狭すぎる。なんとかしなければならぬと、剣一郎は気にした。

妻の多恵《たえ》がやって来た。

「植村京之進さまがお見えです」

「来たか」

いまだに容色の衰《おとろ》えぬ多恵を、ふと剣一郎は不思議に思うことがある。これでは、るいとは母娘ではなく、姉妹と思われるかもしれない。

俺はどうだろうか。若いつもりでいても、他人から見れば歳は隠せないかもしれない。

「何か」

多恵が小首を傾《かし》げて微笑《ほほえ》んできいた。

「いや、なんでもない。ここに通してくれ」

あわてて、剣一郎は言う。

京之進は若くして定町廻りになった腕利きの同心であり、剣一郎には畏敬《いけい》の念をもって接してくる。

そんな京之進を、剣一郎も心強く思っている。

部屋に戻ると同時に、京之進がやって来た。いつも客間ではなく、ここに招く。

「京之進、ごくろうだ」

「はっ」

剣一郎からの呼び出しに、京之進は緊張しているようだ。

「ゆうべの事件の後始末、いかがであったか」

「はい。きのうの源助の行動を調べてみました。源助は、きのうの夕方に、浜町堀の汐見《しおみ》橋の近くにある一膳飯屋《いちぜんめしや》で時間を潰していました。暗くなるのを待っていたんでしょうか、暮六つ（午後六時）前に店を出てあの二階家に向かったようです」

京之進は剣一郎の顔色を窺うようにして、

「源助の自暴自棄《じぼうじき》による騒ぎということにて決着をいたしましたが、何か」

と、きいた。

「うむ」

剣一郎は難しい顔をし、

「幾《いく》つか気になることがある。ゆうべ、源助が現場に行くのを見ていた者がいた。その者によると、源助には連れがいたという」

「源助に連れ？」

「今の話だと、一膳飯屋では源助ひとりだけだな」

「はい。連れがいなかったことは間違いありません」

「暮六つ前に店を出たということだが、源助は自分の意志で店を出たのか。誰かが呼びに来たということはなかったのか」

あっ、と京之進は声を上げた。

「体の大きな若い男が戸口から中を覗《のぞ》いたそうです。誰かを探しているようでしたが、すぐに引き上げたと、小女《こおんな》が言っておりました」

「その男が源助を呼びに来た可能性がある」

自分の迂闊《うかつ》さを恥じるように、京之進は顔色を変え、

「申し訳ありません。調べが足りませんでした」

と、平伏した。

「源助は蠟燭職人を辞めてから、呑んだくれて、死んだような毎日だったそうだ。そんな源助がお町の居場所を嗅ぎつけたとは思えない。源助に教えた人間がいるのだ。確かに、あの騒ぎは源助が引き起こしたことに間違いない。しかし、教えた人間がいたとしたら、その者から事情を聞く必要がある」

「はい」

「京之進。何事にも、裏がある可能性は否定出来ない。私がもうひとつ気になってい

るのは、平井大二郎という部屋住みの侍だ」

あの男から受けた不気味さが気にかかるのだ。

剣一郎は生白い顔を思い出して続ける。

「火の粉が飛んで来て屋敷が危うくなるからやって来たと言っていた。が、なぜ、屋根伝いに部屋に踏み込んでまで、源助を斬り殺したのか」

源助の件と平井大二郎の件はどこかで関わっているのか否《いな》か。

「若い男の背後に平井大二郎がいると？」

「その可能性もある。あるいは……」

おぞましい考えに顔をしかめて、

「何者かが源助を利用して火事騒ぎを起こし、その間、どこかで何かをしたとも考えられる。避難騒ぎに乗じて盗みを働いたやもしれぬ」

と、剣一郎は想像を口にした。

京之進の顔が青ざめた。

「しかし、これらは単なる想像に過ぎない。したがって、定町廻りとしては、おおっぴらに動けまい。ただ、源助の連れと思われる若い大柄な男の探索と同時に、あの近辺で、何か被害に遭った家がないか確かめて欲しい」

「わかりました。そのほかの調べは？」

「私がやってみる。もしかしたら単なる思い過ごしに過ぎないかもしれないからな」

「わかりました」

京之進は恐縮して引き上げて行った。

剣一郎は腕組みをし、また考えに没頭《ぼっとう》した。平井大二郎はなぜ、部屋に乗りこんでまで源助を斬ったのか。

単なる正義感からではない。何か狙《ねら》いがあったのだ。しかし、そのことに思い至らない。それより前に、平井大二郎は小柄を揮《ふる》おうとしていた。あれは今から考えると、本気ではなかった。

なぜ、大二郎に注意を払わなかったのかと、またも剣一郎は後悔の念に襲《おそ》われた。

三

翌朝、剣一郎は出仕してから、年番方の宇野清左衛門のところに行った。

いつも誰よりも早く出仕する宇野清左衛門はすでに文机に向かっていた。南町奉行所全般の取締りから金銭の管理、与力・同心の監督、任免などを行なう重要な役職を担《にな》っているだけに、宇野清左衛門は仕事に対して厳格であった。

そのせいか、いつも厳しい顔をしている。が、実際はくだけた人間味のある男であり、剣一郎を高く買ってくれている。

「青柳どのか。何かな」

書類に書き込む手を休め、宇野清左衛門はこちらに体の向きを変えた。

「じつは、一昨日の源助なるものの事件でございますが、幾つか確かめたいことがございます。少し、その件で動いてみたいのですが」

「なに、不審があると」

宇野清左衛門の表情が動いた。

「はい。源助を裏で動かした人物の影がちらほら見え隠れいたします」

剣一郎は自分の考えを述べた。

清左衛門は真剣な眼差《まなざ》しで聞いていた。

「確かに、妙だ。わかった。青柳どの、頼む」

「はっ」

剣一郎は風烈廻りと例繰方《れいくりかた》の掛かりを兼任している。ほとんどの与力は、このように掛かりを掛け持ちしている。が、剣一郎にはそういう掛かりとは別の任務が暗黙のうちに割り当てられていた。

事件の探索は三廻り同心、すなわち定町廻り、臨時廻り、隠密《おんみつ》廻りに委《ゆだ》ねられているが、それらの同心の手に余る難事件を、剣一郎は宇野清左衛門から特命をうけて、解決してきた。

与力の中でも剣一郎は特異な存在で、そのことで奉行所内でやっかみもあることは事実だ。だが、剣一郎の手柄の前に誰も文句は言えない。ただひとり、あの男を除いては。

「そうそう、長谷川四郎兵衛どのは平井家に礼に行った」

「礼ですって」

「大惨事になるのを未然に防いだ功に対して奉行所として御礼を申し上げたいということだ」

「ばかな」

剣一郎は呆《あき》れ返った。

源助を殺しさえしなければ、真相が明らかになったかもしれないのだ。源助を殺してしまったことの責任を、かえって問いたいぐらいなのにと剣一郎は忌《い》ま忌ましかった。

「青柳どの。長谷川どののこととは関係なく、自由に動きまわられよ」

「ありがとうございます」

宇野清左衛門は、剣一郎を年番方与力に昇格させようとしている。自分の後を継ぐのは剣一郎だと思い込んでいるのだ。

それは買いかぶりだと思っているが、これまで宇野清左衛門の期待に見事に応えて来たことも事実であった。

「宇野さま。平井さまについてお訊ねしてよろしいでしょうか」

「うむ。平井嘉右衛門だな」

宇野清左衛門は博識であり、また武鑑をすべて諳《そら》んじているほど記憶力の優れたひとであった。生き字引といわれている。

武鑑とは、大名・旗本などの武家の氏名、家系、禄高《ろくだか》、役職などを記した書物である。

「禄高千八百石、平井嘉右衛門は作事奉行を務めている。二十六歳の長男大介《だいすけ》、二十四歳の大二郎がいる」

宇野清左衛門から旗本平井嘉右衛門についての教示を受け、剣一郎は年番方の部屋を辞した。

きょうは供をつけず、剣一郎は単身で奉行所を出た。

まっすぐ大通りを日本橋に向かい、本町三丁目の角を曲がって浜町堀へと向かった。

浜町堀に差しかかったとき、千鳥《ちどり》橋の上で騒いでいる男がいた。そこにひとが集まっている。

不穏な雰囲気《ふんいき》がある。剣一郎は急いだ。

土手の上に岡っ引きがいた。剣一郎は岡っ引きに声をかけた。

「何があったのだ？」

「あっ、青柳さま。土左衛門《どざえもん》です」

「土左衛門？」

川を見下ろすと、ホトケが引き上げられるところだった。赤い着物の一部が見えた。

「若い女のようだな」

「へい」

剣一郎は土手下に下りた。

剣一郎に気づき、町の若い者たちが場所を空けた。

引き上げられた死体を検《あらた》めた。生気のない青白い顔は美しい。まだ、二十歳《はたち》前だろう。

外傷はない。入水《じゅすい》自殺に間違いないように思えた。

そこに、京之進がやって来た。

「青柳さま」

「通り掛かったら、このホトケに出くわした」

京之進も死体を調べた。

「身投げでしょうか」

「おそらくな」

剣一郎が答えたとき、年配の男と若い男が土手を駆け降りて来た。

「おその」

年配の男が絶叫して、ホトケにしがみついた。

「おそのさん」

若い男も女の体を摑んで泣き出した。

ふたりの興奮が収まるのを待って、京之進が声をかけた。

「おそのと言うのか」

「はい。娘のおそのでございます」

年配の男が答えた。

「おまえさんは？」

「はい。富沢町《とみざわちょう》で『兵庫屋《ひょうご》』という足袋《たび》屋を営む儀兵衛《ぎへえ》と申します」

「どうして、ここが分かったのだ？」

「じつは、今朝起きたら、娘の姿がありません。奉公人を使ってあちこち探させていたところでした。まさか、こんなことになっていようとは……」

儀兵衛は嗚咽《おえつ》を漏《も》らした。

「このような真似をした理由に、何か心当たりはあるのか」

京之進が痛ましげに訊ねる。

「いえ。ただ、一昨日から様子がおかしかったので、心配しておりました」

「様子がおかしいというのは？」

「目が虚ろで、問いかけても、気のない返事をするばかりでした」

「何があったのかわからないのだな」

「はい。まったくわかりません」

儀兵衛は声を震《ふる》わせて言った。

傍らで、若い男が嗚咽を漏らしている。

「この者は?」

京之進が訊ねる。

「飾り職人の音吉《おときち》と言います。娘の許嫁《いいなずけ》でした」

「許嫁か」

剣一郎はふと、目の端《はし》に気になるものをとらえて、千鳥橋の上に目をやった。瘦身《そうしん》の男がじっとこっちを見つめている。顔は遠くてはっきりわからないが、頰はだいぶこけている。四十過ぎのように思える。

一昨日、平井大二郎を厳しい顔で見ていた男だと気づいた。この近所の者かもしれない。だったら、一昨日の騒ぎにも、この死体の発見にも興味を示すことは納得出来る。単なる野次馬だ。

だが、剣一郎が気になったのは、男の雰囲気だ。どこか、厳しいものがある。いや、それは考え過ぎかもしれない。

剣一郎の視線に気づいていないのか、男はまだじっと見ている。男の視線はホトケに注がれていた。

「青柳さま」

京之進の呼びかけで、剣一郎は顔を戻した。

「ホトケをどういたしましょうか」

「ひと目に晒《さら》すのも忍びない。とりあえず、自身番に連れて行き、なるたけ早めに家に帰してやることだ」

まだ検視与力がやって来ない。剣一郎の見立てでも、他殺の可能性はないと思うが、見逃しがあるかもしれない。

そう告げてから振り返ると、もう橋の上に男はいなかった。

改めて、剣一郎は橘町一丁目に向かった。

騒ぎのあった下駄屋の二階も畳替えが終わり、お町と安次郎は戻っているはずだ。店も開けて、商売をはじめていた。

店の中に入ると、女主人のお常《つね》が店番をしていた。亭主に先立たれ、ひとりで下駄屋を営んでいる。

「これは青柳さま」

お常が声をかけた。

「すまない。お町と安次郎に用があるのだ」

「はい。少々お待ちを」

そう言い、お常は勝手口のほうに行き、梯子段の下から二階に呼びかけている。

しばらくして、お町が下りて来た。

軽く会釈《えしゃく》をして、お町は剣一郎の前に畏まった。落ち窪んだ目が痛々しい。目の前で源助が殺された衝撃は、まだ深いようだ。

「奥をしばらく借りていいか」

剣一郎はお常に確かめる。

「はい。どうぞ、お上がりください」

と、お常は言った。

お常は居間を貸してくれた。

「すまないな」

剣一郎はお常に礼を言った。

お町とふたりきりになってから、

「あまり、自分を責めるではない」

と、労った。

「はい。でも……」

「無理もない。きょうは安次郎はいるのか」

「いえ。もう、出かけました」

「なに、出かけた？　いつも、この時間には出かけるのか」

「いえ、きのう後始末のためにお店を休んでしまったので、きょうは早く行くんだと言ってました」

「そなたは？」

「いえ、まだ、お店に出る気にもなれません。あと二、三日、お休みをいただこうと思っています」

　お町は昼間だけ料理屋で働いているという。

「ちょっと訊ねるが、源助はどうやって、そなたがここに住んでいることを探し出したのだろうか」

「あのひとは、ずっと私を探し回っていたのではないのですか」

　お町は不審げな顔を向けた。

「いや。ひと頃は毎日、盛《さか》り場などを歩き回っていたが、最近は、探し疲れたのか、呑んだくれて、あまり外にも出歩いていなかったようだ」

　何か言いかけて、お町は目を伏せた。

「それなのに、そなたの居所を見つけたのだ」

剣一郎はもう一度きいた。

「どうしてでしょうか」

俯いたまま、お町は小さな声で呟《つぶや》くように言う。

「源助には親しい人間がいたか」

「さあ、わかりません。ちょっと偏屈《へんくつ》なひとでしたから、あまり友達もいなかったようです し」

「そなたの居場所を見つけ、源助に教えるような男に心当たりはないか」

「いえ、ありません」

ちらっと顔を上げて、お町は否定した。

「源助はいつ頃から酒を浴びるように呑み、そなたに乱暴を働くようになったのだ？」

「二年ぐらい前からです」

「二年前？　その頃から、源助は酒を浴びるように呑みはじめたのか」

「はい」

「なぜ、そうなったのか心当たりはあるか」

「最初は、仕事で辛いことがあったのだと思っていました。でも、もともと酒癖が悪かったそうです。そのことを知らなかっただけなんです」

「もともと酒癖が悪かったのだな」

「そうだと思います」

「そなたが、安次郎と知り合ったのはいつだ？」

「半年ちょっと前です。あのひとの乱暴に耐えかねて家を飛び出し、ぶらぶら駒形のほうにやって来たとき、偶然にばったり出会ったのです」

「それから、付き合いがはじまったのか」

「最初は、私の愚痴《ぐち》を聞いてもらうだけでした。安次郎さんは私に同情してくれて、なぐさめてくれていたんです」

お町の言葉は正しいのか。ほんとうは、もっと以前から、安次郎と付き合っていたのではないか。

お町の様子に不審を抱き、源助は大酒を呑むようになったのではないか。

剣一郎はその疑問を口にした。

「そなたが、安次郎と出会ったのはほんとうに半年ちょっと前なのか。二年前ではないのか」

「いいえ、違います」

「源助が大酒を食らうようになったのは、そなたと安次郎の関係に気づいたからではないのか」

「違います」

お町ははっきり否定する。

「そうか」

剣一郎をその話を切りあげた。

お町は、ときおり剣一郎の視線から逃れるように目を伏せる。そのことが、気になった。何か隠していることがあるのではないかという疑いを抱《いだ》かせる。

隠していることといえば、源助といっしょに歩いていた若い男のことだ。ほんとうに、お町はその男のことを知らないのか。

剣一郎は顔色を窺うように、

「そなたは、平井大二郎という侍を知っているか」

と、じっとお町を見つめた。

「平井大二郎さま？　ひょっとして、源助さんを斬ったお侍さまですか」

「そうだ」

「いえ、知りません」

「安次郎は、どうだ？」

「安次郎さんも知らないはずです」

　お町は真っ正面に顔を向けて言う。このときだけは目に脅えの色は浮かんでいないように思えた。このことが嘘《うそ》ではないからか。

「安次郎が働いている料理屋はどこだ？」

「薬研堀《やげんぼり》にある『小柳《こやなぎ》』という料理屋です」

「わかった。そなたも複雑な心持ちだろうと思うが、気を確かに持つことだ」

　剣一郎はお町をなぐさめて立ち上がった。

　お常は店番をしながら居眠りをしていた。が、気配に気づいて、目を開けた。

「邪魔をした」

　そう言い、剣一郎は外にでた。

　剣一郎は薬研堀に向かった。

　途中、平井嘉右衛門の屋敷の前を通った。

　ふと、剣一郎は足を止めた。何か引っかかるものがあった。何が気になったのか……。あっと剣一郎は叫んだ。この屋敷の位置だ。

　なぜ、あの場所に平井大二郎がやって来たのか。火の粉が飛んで来て屋敷が危《あや》うくなるかもしれないというのは言い訳に過ぎない。

風向きは逆だ。あの夜は強い東風が吹いていたのだ。あの騒ぎのあった現場からこの屋敷は東にある。

大二郎はまったく別の理由であの現場に来たのではないか。

お町は平井大二郎のことを知らないという。それはほんとうかもしれない。だが、安次郎はどうか。

剣一郎は平井の屋敷の前を過ぎ、小禄の御家人たちが住む屋敷町を抜けて、薬研堀にやって来た。

『小柳』という料理屋はすぐに見つかった。それほど大きくはない。建物も古い。まだ、昼前だ。玄関も閉まり、閑散としている。

剣一郎は庭にいた番頭ふうの男に声をかけ、女将《おかみ》か亭主を呼んでほしいと頼んだ。

玄関から中に入った番頭はすぐに剣一郎を招じた。

剣一郎が玄関に入ると、上がり口に女将が待っていた。

「女将か」

「はい。さようにございます」

「板前の安次郎に用があるのだ。仕事の手を止めさせてしまうが、呼んでもらいたい」

「ええ、よござんすよ。これ、誰か」

女将は女中を呼びつけた。

「いや、その前に女将に安次郎のことで話を聞かせてもらいたい」

「わかりました。では、こちらにどうぞ」

帳場の隣の小部屋に、女将は剣一郎を通した。

差し向かいになってから、剣一郎は口を開いた。

「安次郎はいつからここで働いているんだね」

「一年ほど前からです」

「一年前か。それまではどこにいたんだ?」

「駒形のほうの料理屋にいたようです。そこを辞めて、うちにやって来たんです」

「なぜ、辞めたのか、その理由は?」

「さあ、聞いてはいません」

「仕事ぶりはどうなんだ」

「腕がよく、お客の評判もよいようです」

「そうか。お町という女を知っているか」

「安次郎のおかみさんみたいなひとですね。ここにもよく顔を出します。ふたりとも仲がよくて」

女将は笑った。

話を聞く限りでは、安次郎とお町には何らやましいところは見受けられない。

「この店には、武士もやって来るのであろうな」

「はい。お見えになります」

「平井大二郎という武士は来るか」

「平井さまでいらっしゃいますか」

「旗本の平井嘉右衛門どののご次男だが」

「いえ、平井のお殿さまはたまにお出《い》でになりますが」

平井大二郎は来ていない。父親が来ていたとはいえ、大二郎と安次郎につながりはないようだ。

「安次郎は平井嘉右衛門どのの座敷に挨拶《あいさつ》に出たことはあるのか」

「はい。あの殿さまは機嫌がよろしいときには板前を呼んでおほめになられます」

平井嘉右衛門と安次郎は面識があるようだ。

「じゃあ、安次郎を呼んでもらおうか」

「はい、ただいま」

女将は立ち上がった。

それほど待たずに女将の声がした。

「安次郎を連れて参りました」

女将の後ろにいた苦み走った顔つきの男が腰を折りながら入って来た。

女将が出て行ってから、

「このたびのことではたいへんな目に遭ったな」

と、剣一郎は口を開いた。

「はい。まさか、あのようなことになるとは……」

あのようなことというのは、源助の振る舞いを指しているのか、それとも源助が斬り殺されたことを指しているのか。

「源助と会ったことはあるのか」

「いえ、ございません」

「お町と知り合ったのはいつなんだ?」

「半年ちょっと前でございましょうか。駒形堂の前で、悄然《しょうぜん》としている女がおりまして、気になって声をかけたのでございます」

安次郎は膝に手をおいたまま畏まって答える。

お町と口裏を合わせているとも思えるが、確かな証《あかし》はない。

「源助がなぜ、お町の居場所を突き止めたのか、想像がつくか」

「店に通うときに、お町は姿を見られたのではないでしょうか」

「しかし、お町を見かけたら、源助はその場で取り押さえようとしたはずだ。あとをつけて住まいを突き止めようとするのはちと解《げ》せぬ」

「それは……」

何か言いかけたが、安次郎の声は途絶えた。

「安次郎。そなたは、旗本の平井嘉右衛門どのを存じておろう」

「はい。平井の殿さまにはご贔屓《ひいき》をいただいております」

「ご次男の大二郎どのはどうだ？」

「いえ、お会いしたことはありません」

安次郎の顔色を窺ったが、嘘かどうかはわからなかった。

「わかった。仕事の手を止めさせてしまってすまなかった。また何かあったら、訊ねることがあるかもしれない」

「青柳さま。何か、お調べのことでも？」

安次郎は警戒気味にきいた。

「いや。ただ、源助が死んでしまい、事件の顚末を知ることが出来ないので、こうして聞き回っているだけだ」

「さようでございますか」

安次郎は不審そうな表情のまま引き上げた。

女将に挨拶をしてから、剣一郎は『小柳』をあとにした。

剣一郎は眩《まばゆ》い空を見上げた。青空が広がっている。だが、剣一郎の心の中にはなにか黒いものが広がりつつある。

これといってはっきりした理由はない。なのに、なぜ、源助の件がすっきり腑《ふ》に落ちないのだろうか。

やはり、お町のことを源助に告げたと思われる男のことだ。その男のことがわからない限り、すっきりしない。だが、どうやったら、その男を突き止めることが出来るのか。

四

その日の午後、橘町一丁目の自身番で、京之進と落ち合った。

「久松町《ひさまつちょう》にある『生駒屋《いこまや》』という小間物屋で、百両が盗まれていたことがわかりました」

京之進が腹立たしげに言う。

「主人は土蔵の鍵《かぎ》を閉め、家財道具を大八車に積んで、新大橋《しんおおはし》を渡り、深川にある別宅に避難したのだそうです。それで、きのうの朝、別宅から帰り、家財道具を戻して整頓《せいとん》をしていたら、百両なくなっていることに気づいたとのことです」

「百両はどこに置いてあったのだ?」

剣一郎は確かめる。

「銭函《ぜにばこ》に仕舞ってあったそうです」

「土蔵はどうだ。鍵を壊された形跡はなかったのか」

源助が立て籠もった家から西側に当たる村松町《むらまつちょう》、久松町、浜町堀を越えた富沢町などの家々は、万が一に備えて避難したところが多い。そういう中で、どさくさに紛《まぎ》れての略奪があったのではないかという恐れを抱いたのだ。

「いえ、鍵のことは何も言っていません」

「土蔵の中は無事だったのだな」

「ええ、土蔵は荒らされてはいなかったようです」

「金がなくなったと訴えているのは『生駒屋』だけか」

「はい。今のところは」

「もう少し、他の家も調べたほうがいい。まだ、あるかもしれない」

その百両の盗難と源助の騒ぎは関わりがあるのか。あるいは、たまたま便乗して、金を盗んだものがいたというだけなのか。

「念のために、『生駒屋』に行ってみる」

剣一郎は自身番を出て、久松町に向かった。

が、浜町河岸《がし》に差しかかったとき、朝の水死体を思い出した。死体はすでに引き取られて家に帰ったはずだ。

何があったのかわからないが、なにも死ぬことはなかったのだ。剣一郎にもるいという娘がおり、身につまされた。

『生駒屋』という小間物屋にやって来た。小さいが小ぎれいな店だった。土間に入ると、白檀《びやくだん》の香りがした。

匂い袋ではなく、香を焚《た》いているのだ。

「南町奉行所与力の青柳剣一郎だ。主人に会いたい」

「はい。私が主人の弥五郎《やごろう》にございます」

奥にいた四十過ぎの男が顔を上げた。

「一昨日の騒ぎの際、百両がなくなったそうだな」

剣一郎は近寄ってきいた。

「はい。じつは、そのことに気づいたのはきのうの朝のことでございました」

「なくなったのは間違いないのだな」

「はい。銭函に仕舞ったあと、あの火事騒ぎがあり、なにぶんあわてておりましたので、品物を土蔵に運び入れることに夢中になり、すっかり金のことを失念してしまったのです」

生駒屋弥五郎は悔しそうに顔を歪《ゆが》めた。

「避難したのか」

「はい。手代の雅吉《まさきち》が、様子を見に行ったところ、他でも避難をはじめていると申しますので、まず家族だけでも深川の別宅に移そうと、大事な荷物だけを大八車に積んで向かわせました」

「家に留守番は誰もいなかったのか」

「いえ、雅吉と六助《ろくすけ》のふたりが残りました」

「六助というのは？」

「もう十年以上もいる年寄の下男でございます」

「すると、金が盗まれたのは雅吉と六助だけになったときだな」

「そうだと思います」

「雅吉を呼んでもらいたい」

「はい」

弥五郎は奥に呼びかけた。

すぐに、二十代半ばと思われるのっぺりした顔の男がやって来た。

「ここでは商売の邪魔になる。外に出よう」

剣一郎は雅吉を外に誘った。

主人の前では言えないこともあろうかと、剣一郎は雅吉を外に連れ出したのだ。

浜町河岸に出て、剣一郎はきいた。

「おまえは主人一家が深川に向かったあと、店から出たか」

「はい。外の様子が気になりますので、ちょくちょく外に出てみました。でも、そんな遠くまで行っていません」

「怪しい人間を見かけたのか」

「はい。外に出て戻って来ると、ひと影が飛び出してきました。でも、店からとは、そのとき思いませんでした」

雅吉は案外とすらすら喋《しゃべ》る。

「外に出ていたとき、戸締りはしていなかったのか」

「はい。ひと通りも多いし、すぐに戻るつもりでしたので。でも、そのあとで、大戸を閉めました」

「おまえは銭函に百両が入っていたのを知っていたのか」

「いえ、知りません」

その瞬間、雅吉の目が少し泳いだような気がした。

「そうか、あいわかった」

「よろしいでしょうか」

「うむ。すまないが、六助を呼んで来てもらいたい」

「六助さんですか」

「そうだ」

剣一郎は『生駒屋』まで戻り、外で待った。

雅吉が店に消えてから、しばらくして、小柄な年寄がやって来た。

「六助か」

「へい」

目をしょぼつかせて、六助は答える。

「一昨日、ずっと店を守っていたそうだな」

「へえ、いちおう、井戸から水を汲《く》んで、火の粉が飛んで来たらかけて消そうと思ってました」

「ごくろうだった。で、店を離れたか」

「いえ、ずっと勝手口のほうにおりました」

「店のほうには行っていないのか」

「そっちは、雅吉さんがおりましたから、あっしは裏のほうにおりました」

「ひと影を見なかったか」

「いえ、見てはいません」

「雅吉は、あやしいひと影を見ている。おまえは気づかなかったのだな」

「あっしはずっと勝手口に立って東の空を眺めていたんです。誰も見ませんでした」

六助ははっきり言った。

裏手にいた六助が気づかなかったのは当然ではある。だが、と剣一郎にはひっかかるものがあった。

六助の話が事実なら、侵入者は店のほうから出入りしたことになる。雅吉はなぜ大戸をすぐに閉めなかったのか。

そのことが気になったが、特に重大なこととは思えず、剣一郎は深く考えなかった。

「どさくさに紛れて店に侵入し、百両を盗んだ者がいる。おまえはまったく気づかなかったんだな」

「へえ。気づきませんでした」

「六助。雅吉というのはどういう男だ？」

剣一郎は念のためにきいた。

「へえ」

六助は目をしょぼつかせた。

「真面目な人間ですが、ちょっと危ない気が」

「危ないというのは？」

「へえ。夜遅く、町に遊びに出ています。どこかの呑み屋の女に夢中になっているんじゃないでしょうか。根が真面目なだけに、ちょっと心配です」

「夜遊びをしているのを、どうして知っているのだ？」

「いつも、あっしが裏口を開けてやるからです」

「夜遊びに、おまえが手を貸してやっているというわけか」

「へえ。小遣いをくれますんで」

「なるほど。雅吉が夢中になっている女がどこにいるのか知っているか」

「いえ、そこまでは。ただ、雅吉がそう言っていたのを聞いただけでして」

「そうか。わかった。すまなかったな、もういい」

深く腰を折って、六助は店に戻って行った。

剣一郎は『生駒屋』を辞去してから浜町堀に出た。

なにかすっきりしない。何者かが源助を唆《そそのか》し、あのような騒ぎを起こさせて、その間に盗みを働こうとした。その被害に遭ったのが『生駒屋』だと思ったが……。

剣一郎は富沢町の足袋屋『兵庫屋』に足を向けた。

『兵庫屋』の店の大戸は閉まり、忌中《きちゅう》の貼り紙が息苦しくさせる。父親の儀兵衛の悄然とした顔が蘇《よみがえ》る。

弔問客《ちょうもんきゃく》が駆けつけているようだ。剣一郎も線香を上げさせてもらおうと思った。

おそのの兄が出て来て、剣一郎を庭に面した部屋に案内した。そこに、おそのの遺体が安置されていた。

遺体の傍《かたわ》らで、死人のように座っている男がいた。許嫁の音吉だ。泣き腫《は》らした目にもう涙はない。涸《か》れてしまったかのようだ。

「青柳さま。ありがとう存じました」

儀兵衛が挨拶をする。横で頭を下げたのは内儀《ないぎ》だ。おそのの母親である。ふたりとも、気丈に振る舞っているが、目には涙が溜まっている。

「何が娘御を思い詰めさせたのか、わからぬのか」

剣一郎はきく。

「はい。音吉との祝言を控え、おそのは仕合わせいっぱいのときでした。まったく、信じられないのでございます」

儀兵衛は声を震わせた。

「音吉が心配です。ずっとあんな状態で」

内儀が音吉に目を向けた。

虚脱《きょだつ》状態だ。このまま、死んでしまうのではないかと思うほど、音吉の悲嘆は激しいようだった。

音吉をいたわるように言い、剣一郎は儀兵衛の家を辞去した。

第二章　辻斬り

一

非番の日、剣一郎は小石川にある小野田彦太郎の屋敷を訪ねた。

玄関脇の客間ではなく、庭に面した座敷に、剣一郎は通された。

剣一郎は、二年前のあの日のことを思い出した。剣之助と志乃のことで、この屋敷を訪ねたとき、途中の部屋に酒樽や鯛《たい》、昆布《こんぶ》、するめ、そして小袖《こそで》や帯などの結納《ゆいのう》の品々が所狭しと並べられていた。

志乃は脇田清十朗との婚儀が整い、祝言を控えていたのだ。

「ご無沙汰《ぶさた》いたし、申し訳ございません」

剣一郎の挨拶《あいさつ》に対して、小野田彦太郎も笑顔で、

「ご無沙汰はこちらも同じこと。青柳どのは、毎日お忙しい身。ご活躍のほど、常々、耳にしております」

「恐縮です」

畳をする音がして、小野田彦太郎の妻女りくがやって来た。

「剣一郎どの。いらっしゃいませ」

「お久しぶりでございます」

剣一郎はまぶしくりくを眺めた。

りくは、剣一郎の嫂《あによめ》になるはずだった。りくとの再会の経緯を振り返るにつけ、剣一郎は運命の不思議さにただ圧倒されるだけだった。

「つきましては、脇田清十朗どののことでございますが」

剣一郎は話を切り出した。

「じつは、私のほうから、脇田さまに、ふたりが江戸に戻ることをお話しいたしました」

小野田彦太郎が答えた。

「たいそうご立腹であられたことでございましょう」

「いや。厭味《いやみ》は言われましたが、もう何とも思っていないとのお言葉」

「まことでございましょうか」

半信半疑で、剣一郎は問い返す。

「まあ、心の内では面白く思っていないのでしょうが、かといって、非は清十朗どのにあったゆえ、我慢せざるを得ないということでしょう」

「そうであればいいのですが」

「今さらながらに、剣之助どのには感謝をしております」

りくが心の底から言ってくれた。

「もったいないお言葉です」

嫂になったかもしれないりくの言葉は、剣一郎の身に染みた。

脇田清十朗は女中を手込めにして身籠《みご》もらせたり、他人の妻女に手を出したりと、何かと問題の多い男だった。

そもそも清十朗が勝手に志乃を見初《みそ》め、清十朗の父親、脇田清右衛門が強引に縁談を進めたのであった。小野田彦太郎は縁談を断ろうとしたが、上役である清右衛門からの報復を恐れ、受け入れざるを得なかったのだ。

あんな男のもとへ嫁にやるわけにはいかない。だが、断れば、役職を解かれる。そんな窮地に追い込まれていたところに現れたのが剣之助だった。

剣之助は志乃を奪い、清十朗たちの襲撃をかわし、江戸を離れた。

あれから、約二年。ふたりは酒田を発《た》ち、江戸に戻ろうとしているのだ。

「私のほうからも脇田さまにご挨拶を申し上げたほうがよろしいのでしょうか」

剣一郎は確かめた。

「いえ、その必要はないと思います。このことは脇田さまにとっては恥辱《ちじょく》のひとつ。古傷を抉《えぐ》るようなことになってはまずいと思いますから」

「わかりました。これで、安堵《あんど》いたしました」

剣一郎は彦太郎とりくの顔を見た。ふたりとも、満足そうに笑っていた。

「ただ、心苦しいのはひとり娘であられる志乃どのをもらい受けてしまうこと」

剣一郎は口にした。

「いや、これも定め。仕方ありますまい。志乃の仕合わせを思えば、これでよかったと思います」

「恐縮です」

「ひとつだけ、お約束を」

小野田彦太郎が身を乗り出した。

「はい」

「ふたりの男の子を産んでもらい、ひとりは我が小野田家に養子にもらい受けること」

「承知しております。それは願ってもないこと」

次男、三男は家督《かとく》を継げず、養子の口がなければ、部屋住みとして肩身の狭い思いをして生きていかねばならないのだ。

養子先があることは、なんとも心強い限りだ。ただ、問題は男が生まれなかったとき、もしくはひとりしか生《な》せなかったときだ。剣一郎がそのことを言うと、

「そのときは、どこかから養子を探します」

小野田彦太郎は快活に笑った。

「それにしても、剣之助どのと志乃が結ばれたなんて、夢のようにございます」

りくがしみじみと言った。

「まことに」

剣一郎も応じる。

あれは剣一郎が十六歳のときだった。兄と外出しての帰り、ある商家の前を通り掛かったとき、そこから飛び出して来た押し込み一味と出くわしたのである。

与力見習いだった兄は刀を抜いて対峙《たいじ》した。だが、真剣を目《ま》の当たりにして、剣一郎は足が竦《すく》み、動けなかった。

兄は強盗三人を倒したところで四人目に足を斬《き》られた。もし、そのとき、剣一郎が

躍《おど》り込んで行けば、兄は助かったかもしれない。だが、剣一郎は剣を構えたまま足が動かなかったのだ。

目の前で兄が斬られた。そのときになって、剣一郎は逆上して浪人に斬り付けていった。

兄は死んだ。父と母は悲嘆の涙に暮れた。なぜ、あのときすぐに助けに入れなかったのか。

その後悔が重くのしかかった。兄の死によって、剣一郎は家督を継ぎ、与力という職に就《つ》いたのだ。

兄には許嫁《いいなずけ》がいた。それがりくだったのだ。

兄の死から数年後、別の男の所に嫁《とつ》ぐことになったりくが父と母に挨拶に来た。そのとき、りくが剣一郎に浴びせた言葉は剣一郎の心の臓を抉った。

「あなたの心の奥に兄上が死んでくれたらという気持ちがあったのではありませんか。だからわざと助けに入らなかったのです」

それから、りくとは疎遠《そえん》になった。だが、りくの言葉は剣一郎の胸に突き刺さったまま抜けなかった。

それから十数年経ち、剣一郎がりくと再会したのは、剣之助のことで二年前に小野田彦太郎の屋敷を訪問したときだった。

そのとき、りくが剣一郎を許してくれていたことがわかった。りくと剣一郎の心のわだかまりがなくなったのは、ある意味、剣之助と志乃のおかげであろう。

りくの子どもと剣一郎の子どもが結ばれたのは、運命としかいいようがなかった。

小野田彦太郎とりくとの語らいに時の経つのも忘れ、剣之助と志乃の今後の身の振り方を話し合っているうちに、影の位置が大きく変わっていた。

「すっかり長居をしてしまいました。そろそろお暇《いとま》しませぬと」

剣一郎は気づいたように言う。

「まだ、よろしいではありませぬか」

りくが名残《なごり》惜しそうに言う。

「ありがとうございます。なれど、これから行かねばならぬところもありますゆえ」

「青柳どの。今度はじっくり一献《いっこん》傾けましょうぞ」

彦太郎も別れがたそうに言った。

「ぜひ」

「青柳どの。どうか、志乃のことをよろしくお頼みします」

「はい。必ず、お守りいたします」

「これからは親戚付き合いになります。どうぞ、よろしく」

りくが頭を下げた。

「こちらこそ、よろしくお願いいたします」

嫂になるはずだったりくと、嫁の母として付き合うようになる。そのことに、複雑な思いを抱いたが、それも一瞬で、剣一郎は満たされた気分になった。

小野田家を辞去して、帰途につきながら、剣一郎は亡き兄のことを考えた。兄にとって、許嫁であったりくのことは心残りであったに違いない。そのりくの娘と剣之助が結ばれたのだ。きっと兄上は喜んでくれるに違いないと、剣一郎は思った。

神田川沿いの道を聖堂の脇から昌平橋《しょうへい》に差しかかろうとしたとき、左のほうから高笑いが聞こえた。

剣一郎は目を向けた。明神下《みょうじんした》のほうから三人の若い武士がやって来た。その中に、背の高い色白の侍がいた。

平井大二郎だ。開いた扇子《せんす》を片手に、気取って歩いて来る。目鼻立ちの整った顔なので、気障《きざ》な態度も様になっている。三人とも、酔っているようだ。他のふたりも大二郎と同じ部屋住みなのだろう。

大二郎も剣一郎に気づいたらしい。こっちを見ている。剣一郎はいい機会だと思い、大二郎に近づいた。

「平井どの」

「青柳どのか。よく会うな」

大二郎は上機嫌に笑いかけ、

「何か用かな」

と、きいた。

「平井どのは、あの源助という男をご存じでしたか」

剣一郎は直截《ちょくせつ》にきいた。

「源助とは、あの立て籠もった男のことか。知るわけがなかろう」

大二郎の顔つきが変わった。

「では、お町という女、あるいは安次郎は？」

正直に答えるはずはない。だから、顔色を読もうと、大二郎の顔を凝視した。

「知らぬな」

大二郎は口許《くちもと》に蔑《さげす》むような笑みを浮かべ、

「青痣与力として名高いそうだが、所詮は不浄役人」

「平井どの。また、どこぞで呑み直しましょう」

連れの武士たちが声をかける。

「青柳どの。失礼する」

大二郎は悠然《ゆうぜん》と剣一郎の脇をすり抜けた。

「鎌倉河岸《かまくらがし》に面白い呑み屋があります」

連れの武士が言うと、大二郎がきく。

「いい女がいるのか」

「ええ、なかなかの女です」

「よし、そこで呑み直しだ」

大二郎が大声で言う。

再び上機嫌になり、何事もなかったかのように去って行く大二郎を、剣一郎は不思議な思いで見送った。

三人のあとをつける形になりながら、剣一郎は昌平橋を渡った。

大二郎は、最初から源助を斬るつもりだったのではないか。その疑いは、なかなか消えなかった。

二

二日後の朝、強い風が吹いていた。

剣一郎が出仕すると、京之進が同心詰所から出て来た。

「青柳さま。ちょっとよろしいでしょうか」

「うむ」

奉行所の玄関脇の隅で、京之進が口を開いた。

「『生駒屋』の百両紛失の件でございますが、手代の雅吉は薬研堀にある小料理屋に通い詰めです」

話を聞いたとき、雅吉の態度に不審を抱いたので、念のために京之進に雅吉のことを調べさせたのだ。

「その小料理屋に若い女がふたりいて、そのうちのひとりに逆上《のぼ》せ上がっているようです。で、その女に訊《たず》ねたところ、最近、雅吉から高価な簪《かんざし》をもらったと言います」

「高価な簪だと」

「はい。象牙《ぞうげ》です。あの騒ぎのあとです。その簪を借りて、小間物屋に確かめると、十両近くする代物《しろもの》でした」

「十両など、手代がおいそれと手にできる額ではないな」

もちろん、蓄《たくわ》えた金を叩《はた》いて買ったということも考えられる。雅吉を疑うわけではないが、それにしても気前がよすぎる。

「その女は雅吉のことをどう思っているのだ？」

「客のひとりに過ぎないようで、特別な感情はないそうです」

「女の気持ちを摑《つか》むために、そのくらいの贈り物が必要だったということか」

剣一郎は雅吉のおどおどした様子を思い出す。

「場合によっては、雅吉を大番屋に引っ張ってみようと思っているのですが」

京之進が相談するように言う。

「いやその前に念のため、雅吉と源助、あるいはお町、安次郎らとのつながりも調べてくれ」

「はい。畏《かしこ》まりました」

京之進はそう言ったあとで、声をひそめた。

「青柳さま。じつは、さっき長谷川さまからじきじきに呼ばれ、源助の事件をまだ調べているのかときかれました」

「なに、長谷川どのが」

剣一郎はさっと眼前が曇《くも》ったような気がした。

「はい。いつまで、そんなことに関わっているのかというお叱《しか》りでした」

「そうか、わかった」

京之進と別れ、剣一郎は与力部屋に行った。

やはり、長谷川四郎兵衛から呼び出しがあった。京之進の話を聞いて、何か気に入らないことでもあったのか。剣一郎は重たい気分で、四郎兵衛の待つ内与力部屋に行った。

「青柳剣一郎でございます」

襖《ふすま》の前に手をつき、剣一郎は呼びかける。

「入られよ」

長谷川四郎兵衛の横柄《おうへい》な声が聞こえた。

剣一郎は襖を開けて、部屋に入り、改めて辞儀《じぎ》をした。

四郎兵衛は文机から立ち上がって来て、

「青柳どの。そなたは平井大二郎どのに何か含むところがあるのか」

と、上から見つめた。

「いえ、なんでございましょうか」

「そなた、平井どのに、不躾《ぶしつけ》な問いかけをしたそうだな」

「はて。私にはいっこうに何のことやら、わかりかねますが」

剣一郎はとぼけた。

昌平橋の近くで会ったときのことを、平井大二郎が言いつけたらしい。

「では、言おう。そなたは、平井どのに、源助やお町、安次郎を知っているかときいたそうだな」

「そのことでございましたか。それなれば、お訊ね致しました」

「それなればだと」

四郎兵衛は眦《まなじり》をつり上げた。

「源助、お町、安次郎というのは、立て籠もり事件の当事者ではないか。その人間を知っているかとは、どういう意味なのだ」

「格別な意味はありません。文字通り、知っているかどうかをお訊ねしたまで」

「それが問題だと申しておる」

四郎兵衛が大声を張り上げた。

「まるで、平井どのがあの騒ぎの当事者の一人であるかのような質問ではないか」

「はい。そのことを確かめようとしたのです」

「ばかな」

四郎兵衛は頬《ほお》を震《ふる》わせ、

「よいか。平井どのは大惨事を未然に防いでくれたお方ではないか」

と、力説する。

「そうかもしれませぬが、その一方では、勝手な振る舞いにて源助を殺してしまったお方でもあります」

「な、なんという言い条」

四郎兵衛は顔面を紅潮《こうちょう》させて、

「そなたは、自分の不手際を棚に上げて、平井どのを非難するのか」

「いえ、そんなつもりはありません。ただ、なぜ、あの時間に、あの場所に現れ、さらに源助まで斬り捨てるようなことをしたのか。その理由を知りたかったのです」

少しわなないていたが、やっと四郎兵衛は攻撃を再開した。

「そなたは、平井どのが源助を唆《そそのか》し、あの騒ぎを起こしたと思っているのか」

「その可能性も含め、調べております」

剣一郎は平然と言う。

「なんという下劣《げれつ》な。奉行所の与力・同心が他の武士たちから蔑まれるのは、そなたのような者がおるからだ」

剣一郎は四郎兵衛の罵倒《ばとう》にじっと耐えた。他の内与力も、ちらっと目を向けた。口許に小気味よさそうな笑みを浮かべている。

この連中は、お奉行が退任すれば引き上げて行く身。それまで、他の武士といさかいを起こしたくないのだろう。

「よいか。二度と、平井どのに近づいてはならぬ。それから、ただちに、源助絡みの探索をやめよ。宇野どのにもきつく言っておく。相わかったな」

「事件の真相解明のため、努力して参ります」

「な、なんという言い草。もうよい、下がれ」

頭に血が昇り過ぎたのか、長谷川四郎兵衛は荒い息遣いになった。

剣一郎は逃げるように部屋を出た。

宇野清左衛門のところに寄り、剣一郎は今の一件を話した。

宇野清左衛門は聞き終えると、

「青柳どの。気になさるな。あの御仁《ごじん》には言いたいことを言わせておけばよい。ただ、困ったな」

　と、苦い顔になった。

「あの御仁のことだ。定町廻りを使うことを許さぬかもしれない。今、関わっているのは、確か植村京之進であるな」

「そうです」

「その後の調べのほうはどうだ？」

「いえ、まだこれといった手掛かりはありません」

「そうか。まずいな」

　何か手掛かりがあれば、そのことを理由に長谷川四郎兵衛の命令を拒絶出来るのだがと、清左衛門は呟《つぶや》いた。

　そこに、見習い与力の坂本時次郎がやって来た。

「宇野さま。長谷川さまがお呼びにございます」

「なに、長谷川どのが」

　清左衛門は剣一郎と顔を見合わせた。

「さっそくだ」

　宇野清左衛門は片膝を立ててからゆっくり立ち上がった。最近、神経痛に悩まされているという。

剣一郎は与力部屋に引き上げると、風烈廻りのふたりの同心に巡回を頼み、また単身で出かけた。

奉行所を出て、数寄屋《すきや》橋御門に向かうと、どこからか、破れてすすけた墨染《すみぞ》めの衣をまとった願人坊主が現れ、剣一郎に近づいて来た。

「青柳の旦那。どうも」

「おまえは……」

源助の長屋で会った願人坊主だ。

「へえ。奉行所の前で待っていれば旦那に会えると思いまして」

「何かあったのか」

「源助といっしょだった男を見つけました」

願人坊主は得意気に言う。

「なに、見つかったか。でかしたぞ」

「へ、へい」

願人坊主はうれしそうに顔を綻《ほころ》ばせたが、すぐに真顔になって、

「偶然、両国広小路で見かけたんですよ。で、あとをつけたら、米沢町《よねざわちょう》の裏長屋に入って行きました」

「米沢町か」

「あの男は元吉《もときち》という者です。棒手振《ぼてふ》りをしたり、口入れ屋から仕事を世話してもらったりして暮らしを立てているそうです」

「名前まで調べたのか」

「へえ、ついでですからね。こんな商売ですから、長屋に入って行って出任せを言いながら、さりげなく聞き出しました」

「ごくろうだった」

剣一郎は懐《ふところ》から財布を取り出し、一朱を願人坊主に握らせた。

「あっしは何もそんなことをしてもらおうと思ってしたんじゃありませんぜ」

「喜捨《きしゃ》だ」

「喜捨？　おありがたいことで」

願人坊主は手を合わせた。

「じゃあ、旦那。遠慮なくいただきます」

そう言い、願人坊主は元気な足取りでどこかに消えて行った。

剣一郎は米沢町に向かった。途中、気になり、富沢町にまわってみた。自殺したおそのの身内の様子をみておきたいのだ。

『兵庫屋』は店を開けていた。いつまでも悲しみに浸《ひた》ってはいられないのだろう。

剣一郎は儀兵衛に会った。

「どうだ、落ち着いたか」

「まだ、どこかから帰って来るようで、つい帰りを待ちわびてしまいます。でも、生きていかなきゃなりませんから、お店をはじめました」

儀兵衛は悲しみを堪《こら》えて言う。

「そうだ。いつまでも悲しんでいたら、死んだ者も浮かばれまい」

「へえ。私らはどうにか立ち直りかけていますが、いけないのは音吉でございます」

「許嫁か」

「はい。もう、おそのが死んでからというもの、満足に飯も食べていないんじゃないでしょうか。毎日のように、おそののお墓の前に額《ぬか》ずいて、仕事もしてないようです。最初のうちは無理もないと温かい目で見ていたのですが……」

儀兵衛は心配そうに言う。

「おそのの墓はどこなのだ」

「深川の正覚寺《しょうかくじ》です」

「私も、そのうちお参りさせていただこう」

「ありがとうございます」

おそのの家を出てから、米沢町へとやって来た。

願人坊主が言う元吉の住む長屋はすぐにわかった。木戸を入り、路地を行く。足を引きずった年寄が厠《かわや》から出て来た。

「元吉の家はどこだ？」

「とっつきです。元吉に何か」

「ちょっと教えてもらいたいことがあるだけだ」

「そうですか。元吉はまだ帰っちゃいません」

「元吉とは親しいのか」

「親しいというほどじゃありませんが、隣同士ですから、いろんな話はします」

「元吉の知り合いに源助という男がいるか」

「源助ですかえ。さあ、聞いたことはありません」

年寄は首を振る。

「安次郎という男はどうだ？」

「安次郎ですか。そんな名前も聞いたことはありません」

狭い路地で、両側には二階建ての長屋が建っているので、ほとんど陽が射さない。

「元吉は今、何をしているんだね」

「へえ、棒手振りや力仕事、なんでもやって糊口《ここう》を凌《しの》いでいますよ。ここの連中は皆、似たり寄ったりです。でも、元吉はそのうちここを出て行くとか言ってました」

「出て行く?」

「いつも、まっとうな仕事に就きたいと言ってましたから、そんな仕事の口があったのかもしれませんね」

「とっつあん、足をどうしたんだ?」

「梯子《はしご》から落っこったんですよ。それも下りきる寸前でした。もう歳ですねえ」

年寄は自嘲《じちょう》気味に言う。

「それはたいへんだったな。大工か左官か」

「左官です。昔は梯子をとんとんと上がって行くと、近所の娘たちがわっと騒いだものですがねえ」

年寄は寂しく笑った。

「とっつあん。俺が来たことは元吉には黙っていてもらいたい。へんに警戒されても困るんでな」

「よござんすとも。あっしは口が固いほうですから」

「じゃあ、また出直そう」

剣一郎は長屋を出た。

ここからは安次郎が働く料理屋にも、住んでいる橘町にも近い。棒手振りの元吉が安次郎なりお町なりと知り合う機会はたくさんある。

安次郎と元吉がつるんで、源助にあのような真似をさせた可能性もある。その場合、ふたりの目的は何か。

次に向かったのは、百両を盗まれた『生駒屋』だ。

その『生駒屋』に行くと、内儀が呆然《ぼうぜん》としていた。

「どうしたんだ？」

剣一郎は声をかけた。

「あっ、青柳さま。雅吉が、連れて行かれました」

京之進が確かな証拠を摑んだのかもしれない。

「どこの番屋だ？」

「はい。三四の番屋だと言ってました」

「よし」

剣一郎は日本橋川を江戸橋で渡り、本材木町《ほんざいもくちょう》三丁目と四丁目の間にある、俗に三四の番屋と呼ばれる大番屋に顔を出した。

三

土間の筵《むしろ》の上に、雅吉が悄然《しょうぜん》と座っていた。

京之進が取調べをしているところだった。

剣一郎に気づくと、京之進が近寄って来て、

「雅吉が白状しました。誰もいなくなった店にひとり残って後片付けをしていたら、百両が入った銭函《ぜにばこ》を見つけたので、つい魔が差したということです。雅吉の荷物の中から九十二両が出て来ました。八両は使ってしまったそうです」

「そうか。その八両で簪を買ったのだな」

剣一郎は雅吉の前に行った。

「おまえの仕業《しわざ》だったのか」

剣一郎は確かめた。

「申し訳ありません。誰もいない家の中で、私ひとり。つい、お金に目がくらんでしまいました」

雅吉は泣き出した。

「なぜ、金が欲しかったのだ？」

「………」

「雅吉、どうした？」

「はい。小料理屋のお玉《たま》さんに簪を買って上げたかったのです」

「おまえは、そのお玉という女が好きなのか」

「はい」

「雅吉。これから問うことに正直に答えよ。さもないと、罪が重くなる」

「はい」

ぴくっとして、雅吉は畏《かしこ》まった。

「源助という男を知っているか」

「いえ」

「元吉はどうだ？」

「いえ、知りません」

「では、安次郎あるいはお町は？」

「申し訳ございません。まったく心当たりはございません」

雅吉の青ざめた顔は恐怖におののいているが、嘘をついているからではないようだ。罪の大きさに度を失っているのだ。

「では、それ以外の者が、おまえに接触して来たことはないか」

「いえ、まったくありません」

「偽《いつわ》りではないな」

「はい。ほんとうでございます」

「よし」

剣一郎は尋問を切りあげた。

小料理屋のお玉という女が岡っ引きといっしょにやって来た。二十二、三歳だろうか。大柄な派手な顔立ちの女だった。

「お玉か」

京之進がきく。

「はい。そうです」

不貞腐《ふてくさ》れたように言う。こんなところに引っ張って来られて、とでも言いたげで不服そうだった。

「ここにいる男を知っているか」

「はい。知ってますよ」

「どういう関係だ？」

「うちのお店に呑みに来るお客さんですよ」

「それだけか」

「そうですよ。他に何があるって言うんですか」

「簪を贈ってもらっただろう」

「ええ、もらいましたよ」

「それほどの仲ということか」

「違いますよ。このひとが勝手にくれると言ったんですよ」

お玉は冷たい言い方をした。そんなお玉を雅吉はうらめしげに見ている。

「雅吉に、お店の金を盗んだという疑いがかかっている」

「そうですか」

お玉が他人事《ひとごと》のように答える。

「盗んだ金で、おまえにやる簪を買った」

「それがどうしたんですか。盗んだ金だろうが、あたしには関係ありませんよ。あたしはただ簪をもらっただけ。このひとが盗人《ぬすっと》かどうかなんて、あたしはわからないことですからね」

お玉の言葉は、雅吉の胸を抉《えぐ》ったようだ。雅吉が呻《うめ》き声を発して、顔を歪《ゆが》めた。

剣一郎はお玉の態度にむかついた。

「お玉」

剣一郎はお玉の前に出た。

「雅吉はおまえに会いたくてお店に通っていたのではないか」

「来てくださいって別に頼んだわけじゃありませんよ。客だから、うまいことを言っていただけ」

お玉は口許に冷笑を浮かべた。

「盗んだ金で買った簪だとわかった今、簪を返そうとは思わぬか」

「どうして返さなくてはいけないんですか」

「なるほど」

剣一郎はわざと意味ありげにつぶやいた。

「雅吉がなぜ、金を盗むような真似をしたのか、その理由がはっきりわからなかった。金があれば、おまえの歓心を買うために簪を贈ることが出来る。それが動機かと思ったが、いまひとつぴんとくるものがなかった。だが、ようやくわかった」

「何がわかったんですか」

　お玉は気にした。

「おまえのほうから簪が欲しいと言ったな」

「冗談じゃありませんよ。そんなこと、言うわけないですよ」

「いや。そのほうが理屈がとおる。おまえが雅吉を唆し、店の金を盗ませたのだ。お玉、申し開きがあれば聞こう」

「冗談じゃないですよ。どこに証拠があるって言うんですか」

　お玉は不貞腐れたように言う。

「雅吉がそう白状したらどうだ?」

「そんな出鱈目《でたらめ》を言うはずないでしょう。いくらぼんくらでも、間違っていることは言いませんよ」

「そうかな」

　剣一郎は含み笑いをし、

「そなたは、目の前で雅吉を散々、虚仮《こけ》にした。いくらおとなしい雅吉だって頭に来ただろう。何を言い出すかわからんぞ」

剣一郎は脅《おど》した。

「冗談でしょう」

お玉の顔色が変わった。

「いまはまだ、雅吉はおまえを庇《かば》うに違いない。だが、本格的な詮議《せんぎ》がはじまれば、おまえの名を出すだろう。だが、その前に、おまえの取調べを行なう」

「そんなのおかしいじゃないか。あたしは関係ないんだ」

お玉は声を荒らげた。

「事件と無関係なら、簪を返せるはずだ。もらったものだからといって抱え込んでおくこと自体、おまえに疑いの目を向けざるを得ない」

「そんな」

「女子《おなご》ゆえ、いろいろ身支度もあろう。いったん、帰ってよい。すぐにここに戻って来るのだ。今夜は大番屋に泊まってもらう。もし、逃げでもしたら、罪はさらに重くなる」

剣一郎は脅かした。

「返しますよ、簪なんて。好きな男からもらったものなら大事にとっておくけど、こんな男にもらったものなんて惜《お》しくもない。ねえ、返せばいいんでしょう」

　お玉は弱気になった。

「返せばよい」

「わかりました」

　お玉は髪から簪を抜き取った。

「よし、お玉。ごくろうだった」

　お玉は憤然《ふんぜん》として引き上げて行った。

「雅吉。おまえが夢中になった女の本性を見たか」

「はい。私がばかでした」

　雅吉は口惜《くちお》しそうに言った。

　そのとき、戸が開いて、『生駒屋』の主人の弥五郎が飛びこんで来た。

「旦那さま」

　弥五郎の姿をみとめた雅吉はひれ伏し、

「お許しください。お許しください」

　と、泣き崩《くず》れた。

「生駒屋、ごくろう」

京之進が弥五郎に声をかけた。

「お願いがございます」

弥五郎が雅吉の脇に座って、剣一郎と京之進の顔を交互に見た。

「この雅吉は正直一途《いちず》に働いて来ました。決して、曲がったことの出来る男ではありませんでした。あの百両、もとはといえば、私が迂闊《うかつ》にも銭函から出すのを忘れてしまったもの。私がいけなかったのでございます」

弥五郎は雅吉の酌量を嘆願《たんがん》しているのだ。

「呑み屋の女に狂ったのも、働きづめで疲れがたまり、心身ともに弱っていたからでありましょう。これも、私がもう少し注意し、いたわってやればよかったのです。このたびのことは、私にも非があります。雅吉だけの責任ではありません。このとおりでございます。なにとぞ、ご寛大《かんだい》なご処置を」

「旦那さま」

雅吉が嗚咽《おえつ》を漏らした。

京之進が意見を求めるように剣一郎の顔を見た。それは、自分もなんとか助けてやりたいという気持ちの表れだろう。

俺に任せろと目顔で言い、剣一郎は弥五郎の顔を見た。

「生駒屋。いくら、どんな事情があろうと、百両を盗んだという事実があれば、罪は免《まぬが》れまい。だが、今までの話だと、そなたは仕舞い忘れた百両を、雅吉に預かっているように頼んだふうに聞こえた。違うか」

「えっ」

弥五郎はきょとんとした顔をしたが、すぐにはっと気づいて、

「は、はい。そのとおりでございます」

と、あわてて言った。

「そうであろう。そのことを忘れ、百両が盗まれたかのように騒ぎ立て、そのため、罪が雅吉に及ぶところだった。生駒屋。そのほうの失態は見過ごしに出来ぬところだが、当の雅吉も、主人の失態を責めてはおらぬ」

剣一郎は京之進の顔を見た。

京之進も顔を綻《ほころ》ばせ、

「青柳さまのお言葉、しっかり胸に刻み込むように」

と、雅吉と弥五郎に言った。

「生駒屋。雅吉の給金から少しずつ蓄《たくわ》えをしてやっているのか」

剣一郎はきいた。

「はい。しております」

「よし。雅吉」

雅吉に顔を向け、

「おまえが、お玉という女に贈った簪は、こつこつ貯めた金を使ったのであろう。百両のうちから買ったのではない。よいな。これからは女には注意をすることだ」

と、諫《いさ》めた。

「はい。身に染みてございます」

「雅吉。いい主人に恵まれた。これからもお店のためにしっかり奉公するのだ」

「わかりました」

「青柳さま。このとおりでございます」

弥五郎が深々と頭を下げた。

あとを京之進に任せ、剣一郎は大番屋を出た。

西陽が射している。

『生駒屋』での百両の盗難は、源助の騒ぎとは無関係だった。裏があると睨《にら》んだのは、間違いだったか。しかし、大二郎の不可解な源助殺しや、何かを隠しているようなお町の態度。なにより、お町の居場所を源助に教えたと思われる若い男が問題だ。

弱気になりかけた気持ちを奮《ふる》い立たせ、剣一郎はもう一度、米沢町に向かった。

四

長屋の路地を入って行くと、夕飯の時分で、魚を焼く匂いが漂《ただよ》って来た。

仕事から帰って来たらしい半纏《はんてん》姿の職人が井戸端で手足を洗っている。剣一郎を見て、訝《いぶか》しげな顔をした。

剣一郎が元吉の家に向かうのをじっと見ているようだ。

「ごめん」

剣一郎はとっつきにある家の腰高障子を開けた。

「誰でえ」

薄暗い奥から声がした。

「元吉か」

狭い土間に立った剣一郎の姿を見て、元吉は飛び上がった。

「あっ、青……」

あわてて口を押さえたのは、青柳と言おうとしたのではなく、青痣与力と口から出かかったのだろう。

「へ、へい。元吉でございます」

元吉が上がり口で畏まった。

「ききたいことがある」

「へい、なんでございましょうか」

警戒している様子だ。

「源助という男を知っているな」

「いえ、知りません」

「妙だな。おまえが源助といっしょに歩いているのを見たという男がいるんだが」

「そんなはずはありません」

元吉の顔は強張《こわば》っている。

「では、安次郎はどうだ？　板前の安次郎だ」

「板前ですか」

「知っているんだな」

「いえ、知りません。板前に知り合いはおりません。ほんとです」

剣一郎の目を見つめて、元吉は言う。

嘘をついているようには思えない。

「平井大二郎という旗本の部屋住みを知っているか」

「お侍さんなどに知り合いはいません」

今度もはっきり答えた。目の動きにも不審は見られない。どうやら、このこともほんとうのようだ。

「元吉。おまえは、どこかに働き口でも見つけたのか」

「働き口ですか」

元吉は一瞬、返事に迷ったようだ。

「どうした？」

「へえ」

元吉はやっと顔を上げ、

「いつまでもその日暮らしじゃいけねえ。それで、今、口入れ屋に当たって、どこかいい奉公口を探しているところです」

「そうか。わかった。邪魔をしたな」

剣一郎は外に出た。

長屋木戸を出たところで、きのうの年寄とばったり会った。

「あっ、旦那。元吉はおりましたか」

「うむ。会って来た。元吉は、まだ口入れ屋に当たって、働き口を探していると言っていたが」

「そうですかえ、いつか、いい働き口が見つかったようなことを言っていたけど、違ったか」

「また、元吉からそれとなくきき出してみてくれ」

「へい」

年寄と別れ、剣一郎は米沢町を離れた。


翌日の朝、剣一郎は橘町の安次郎とお町の家を訪ねた。

まだ寝ていたようだが、剣一郎が訪ねると、お町が安次郎を起こしに行った。

下駄屋のお常の好意で、またお常の部屋を借りた。そこに、安次郎が下りて来た。

「すまないな。起こしてしまって」

剣一郎は詫《わ》びるように言う。

「いえ、もう起きようとしていたところですから」

安次郎は警戒気味に言う。

「どうだ、少しは落ち着いたか」

「はい。ですが、源助さんが死んだことで、寝覚めはよくありません」

「そうだろうな」

剣一郎は安次郎の顔を見つめ、

「それにしても、源助はどうして、おまえたちの居場所を探し出すことが出来たんだろうな」

「この前も言いましたように、お町はどこかで姿を見られたのかもしれません」

安次郎は俯《うつむ》き加減で答える。

「見られたとしたら、いつだと思うね」

「わかりません。でも、お店からの帰りだと思います」

「では、繰り返しになるが、なぜ、そのとき、源助は声をかけなかったんだろう」

「あっしがいっしょのところに乗りこもうとしていたのかもしれません」

「そうだな」

剣一郎はあえてそう答えてから、

「元吉って男を知っているか」

と、不意をつくようにきいた。

「元吉ですか。いえ、知りません」

安次郎は表情を変えずに答えた。

芝居だとしたら、たいした役者だ。だが、どうも嘘をついているようには思えない。

何かすっきりしないが、追及する材料はなかった。お町にも会ったが、相変わらず塞ぎ込んでいるようで、口数は少なかった。取り立てて注目すべき話はなかった。

「朝早くから邪魔した」

剣一郎は引き上げた。

青空がまぶしかった。剣一郎は行き詰まりを感じていた。

やはり、あの騒ぎは、源助がひとりで引き起こしただけのことだったのか。元吉らしき男が源助といっしょに歩いていたという証言は、あの願人坊主から得ただけだ。願人坊主の見間違いということもあり得る。

元吉は安次郎とつきあいはないようだ。『生駒屋』の盗みの件も、源助の騒ぎとは無関係だった。平井大二郎とも関わり合いはない。

そう考えると、源助のことに関しては、剣一郎のひとり相撲《ずもう》のような気もしてきた。

気がつくと、平井嘉右衛門の屋敷の近くに来ていた。無意識のうちに足が向かったのは、やはり心の底で平井大二郎のことが気にかかっているからだ。

なぜ、平井大二郎は源助を斬り殺したのか。常に、疑問はそこに行きつく。

しかし、このことも、剣一郎の考え過ぎなのかもしれない。

たまたま通り掛かった平井大二郎が立て籠もっている源助を見て、義憤《ぎふん》にかられてあのような振る舞いに及んだ。そのことは、特に批判されるべきものではない。

もし、平井大二郎が部屋に乗りこんでいかなかったら、お町が源助の手にかかっていた可能性もある。

平井大二郎の行為は称賛に価《あたい》するとまでは言えないが、非難されるべきものではない。しかし、それでも、剣一郎は何か腑《ふ》に落ちないのだ。

さらに、元吉と源助の関係だ。源助の長屋の紙屑《かみくず》買いの男は若い男が訪ねて来たという。それが元吉のような気がしてならない。

元吉は安次郎やお町とはつながりがないようだが、源助とは関係している。だが、元吉はそのことを隠している。

しかし、そのことが大きな意味を持つものかどうか。剣一郎はいささか自信を失いかけた。

剣一郎は浅草に行くために、浅草御門へ足を向けた。

初夏の爽《さわ》やかな風が吹いている。ここしばらく、雨がなく、地べたは乾いていた。強い風が吹けば、埃《ほこり》も舞う。

浅草御門に差しかかったとき、柳原《やなぎわら》の土手に駆けて行く岡っ引きらしい男の姿が目に入った。後ろに手下らしい男も続いていた。

剣一郎は無意識のうちに足の向きを変えた。

何かあった。そう思わせるようなふたりの走り方だ。

土手に上がると、ひとだかりがしていた。さっきの岡っ引きが川岸に下りていた。草が繁っている。

そこに、ふたつの死体が転がっていた。

斜面の途中に横たわっているのは女だ。さらに、川岸近くに、土手の斜面に頭を下にして仰向けに男が倒れていた。

剣一郎は土手の斜面を下った。

「青柳さま」

さっき駆けて行った岡っ引きが振り向いた。

「殺しか」

「はい」

「ちょっと見させてもらおう」

「どうぞ」

剣一郎は川岸近くで倒れている男の傍に行った。

まだ、発見されたばかりなので、筵《むしろ》もかけられておらず、死体は剝《む》き出しで、初夏の陽射しを浴びていた。

剣一郎は合掌してから男の死体を検《あらた》めた。傷は左の肩から鳩尾《みぞおち》まで、そして右の脾《ひ》腹《ばら》から胴に及んだ。袈裟《けさ》懸《が》けに斬り、返す刀で胴を斬ったのであろう。見事な斬り口だ。

男は半纏《はんてん》を着ており、職人らしい。

剣一郎は土手を見上げた。ふたりとも土手の上で斬られ、ここまで転げ落ちたものと見られた。

次に、少し斜面を上がって、女のほうに行く。

白粉《おしろい》を濃く塗りたくった顔。ひと目で夜鷹《よたか》だとわかる。同じように袈裟斬りだ。

ふたりは土手の上を歩いていて下手人に出会い、斬られたのだ。

「斬られたのはきのうの夜だ。今まで、死体は発見されなかったのか」

剣一郎は岡っ引きにきいた。

「そうなんです。土手の上からでは草むらに隠れてちょっと見つかりにくかったようです。見つけたのは神田《かんだ》川を下って来た荷足舟《にたりぶね》の船頭でした」

そこに、植村京之進が駆けつけて来た。

剣一郎を見て、あわてて駆け寄った。

「たまたま通り掛かったのだ。さあ、死体を検めよ」

「はっ」

京之進は死体を検め、それからてきぱきと小者たちに指図をし、死体を土手の上に運び上げ、筵で覆った。

検視与力の到着を待つ間、岡っ引きは野次馬に聞き込みをかけた。不審者を見た者がいるかもしれない。あるいは、犯人やその仲間が、野次馬に紛れて様子を窺っているかもしれない。

持ち物を調べるまでもなく、印半纏から男の身元はすぐにわかった。小者のひとりが横網町《よこあみちょう》にある大工『飛辰《とびたつ》』の半纏だと言ったので、すぐにそこに岡っ引きの手下を向かわせたところ、きのうの夜から内弟子の春吉《はるきち》が帰っていないということで、すぐに兄弟子が駆けつけて来た。

死体を見て、春吉に間違いないと、兄弟子が言った。

春吉は、夜鷹を買いに来て、何者かに斬られたのだ。

夜鷹のほうも、本所の吉田町《よしだちょう》にある夜鷹の寄場から世話人の男がやって来て、おくにという女だと言った。

あとを京之進に任せ、引き上げてもよかったのだが、剣一郎が被害者の身元がわかるまで、その場に残っていたのにはわけがあった。

死体の斬り口が源助の死体のそれと似ていたのだ。源助もまた、袈裟懸けに斬られていた。もっとも、無抵抗なものに対して袈裟懸けに斬りつけたとしても、特に気にかけることではないかもしれない。

だが、源助と春吉、そしておくにと三人の斬り口が同じことが気になるのだ。いや、源助を殺した平井大二郎のことが頭にあるので、そう思ってしまうのかもしれない。

もちろん、このことを京之進に言うわけにはいかない。証拠もなく、あくまでも剣一郎が勝手に推《お》し量《はか》ったことだ。

適当な頃を見計らい、剣一郎は京之進にあとを任せ、その場を離れた。

それから、剣一郎は東本願寺裏手にある源助が住んでいた長屋にやって来た。紙屑買いの男を訪ねたが、留守だった。仕事に出かけたようだ。途中、柳原の土手で時間を潰してしまったので、間に合わなかった。

夕方にまた出直そうと長屋を出て、剣一郎は花川戸に向かった。蠟燭《ろうそく》職人の親方、政五郎の家にやって来た。

剣一郎に気づくと、政五郎は仕事の手を止めて、

「青柳さま。きょうは何か」

と、不安そうな顔をした。

「いや。ちょっとききたいのだが、源助の知り合いで元吉という男を知らないか」

「元吉ですか。あっしは聞いたことがありません。おい、みんな。源助の知り合いで元吉って男を知っているか」

政五郎は職人たちに声をかけた。

「知りません」

と、職人たちは口々に答えた。

「この前、二十五歳ぐらいの大柄な男のことを訊ねたが、その男が元吉という。やはり、心当たりはないようだな」

剣一郎は落胆《らくたん》した。

「青柳さま。源助のことで、まだ何か」

政五郎は不安そうにきいた。

「いや、たいしたことではない。ただ、源助にどうしてお町と安次郎の居場所がわかったのか、そのことだけが確かめられていないのだ」

「源助が見つけたってわけじゃないんで」

「源助はほとんど呑んだくれていて、遠出をしていない。だから、源助が自分でお町を見つけたということは考えにくい」

「そうでしたかえ」

政五郎は小首を傾げた。

「何か、気づいたら知らせてもらおう」

「へい」

剣一郎は外に出た。

夕方まで時間があるので、剣一郎は田原町《たわらまち》にあるそば屋に入り、一番奥の小上がりの座敷に上がり、酒とつまみを頼んだ。

この場所だと左頬は壁側になり、他の客から青痣を見られる心配はない。青痣与力がいると気づかれたら、客は落ち着いて呑み食い出来ないだろう。

店内は、隠居ふうの男や職人が酒を呑んだり、そばをすすったりしている。

小女が酒を運んで来た。剣一郎は手酌《てじゃく》で酒を呑む。

これまで、剣一郎の考えはことごとく外れてきたようだ。かつてなかった。俺はなんでもないことを、ひとりで騒いでいるのだろうかと、剣一郎は苦い酒を喉に流した。

お町を知っている人間がいて、偶然にお町の居場所を見つけた。それで、源助に好意で教えた。だが、そのために源助があんな騒ぎを起こしたので、自分が教えたのだと言いづらく口を閉ざしている。

そういうことかもしれない。願人坊主が見たのも元吉ではなく、別な男だった可能性はある。

そう考えると、ますます自分の考えに自信がなくなった。

銚子《ちょうし》を一本空けてから、剣一郎はそば屋を出た。

再び、源助の長屋に行くと、ちょうど帰って来た紙屑買いの男に出会った。

「どうも」

男はぴょこんとお辞儀をした。

「源助のところにやって来た男の顔を見ていたそうだな」

「へい。何度か」

「顔を見れば、わかるか」

「へい、わかると思います」

「確かめて欲しい男がいる。こっそり、顔を見てもらいたい」

「へえ、よござんすとも」

「おそらく、この時間は出歩いているに違いない。明日の朝、そうだな、四つ（午前十時）頃に米沢町の自身番まで来てくれるか」

「わかりました」

「頼んだ」

剣一郎は帰途についた。自分を納得させるためにも、出来る限りのことはしておきたい。剣一郎はそう思ったのだ。

五

翌朝、剣一郎が米沢町の自身番に行くと、前で駕籠《かご》を背負った紙屑買いの男が待っていた。

「早かったな」

剣一郎は労《ねぎら》う。

「へえ」

「では、ついて来てくれ。俺が男を木戸の外に連れ出す。おまえはさりげなく男を見るのだ。よいな」

「わかりやした」

「では、少し離れて俺のあとについて来い。そして、木戸の外で待っていろ」

剣一郎は先に立った。

元吉が住んでいる長屋の木戸を入り、とっつきの元吉の住まいの前に立った。この時間、路地にひと影はない。仕事に出かけたのだ。

腰高障子を叩き、声をかけて戸を開ける。

「誰でえ」

　奥から眠そうな声がした。

「あっ、旦那でしたか」

　元吉があわてて言う。

「元吉。少しききたいことがあるんだ。ここではまずい。木戸の外までちょっと出て来てくれるか」

「わかりました」

　一瞬迷惑そうな表情をして、元吉は答えた。

　剣一郎は先に木戸を出て、元吉が出て来るのを待った。少し離れたところに、紙屑買いの男がいた。

　元吉が出て来た。

「元吉。一昨日、柳原の土手で、夜鷹と客が斬られて殺された。聞いているか」

　剣一郎が切り出すと、元吉は怪訝《けげん》そうな顔で、

「へえ、たいへんな騒ぎでしたから」

　と、答えた。

「おまえは、夜鷹を買ったりするのか」

「まあ、そりゃ、何度か」

元吉は笑みを浮かべた。

「馴染《なじ》みの夜鷹はいるのか」

「馴染みってほどではないですけど、おさんって女をいつも」

「おさんか。おまえは近々、おさんに会いに行かないのか」

「まあ、そのうち」

「そうか。じゃあ、おさんに会ったら、殺しがあった夜、怪しい者を見なかったか、きいてみてくれないか。おまえなら、警戒せずに話してくれるだろうからな」

「あっしが、そのことをきき出すんですか」

「なあに、世間話としてきけばいい」

「わかりました。でも、いつ、行くかわかりませんぜ」

「いつでも構わん。また、折りを見て訪ねる。わざわざ、呼び出してすまなかった」

元吉は腑に落ちない顔つきで引き上げて行った。

剣一郎は紙屑買いの男のもとに向かった。

剣一郎が訊ねるより前に、男が口を開いた。

「間違いありませんぜ。あっしが見たのはあの男だ」

「そうか。ごくろうだった」

願人坊主の証言もあり、元吉と源助につながりがあるのは間違いない。

ただ、元吉と安次郎、あるいはお町との関係がわからない。今のところは三人の関係を窺わせるようなものは見つかっていない。

こうなると、間に誰かがいる可能性が強い。その者が元吉と安次郎の間に立って、何かを仕組んだ。そう考えられる。

紙屑買いの男と別れてから、剣一郎は柳原の土手に向かった。

剣一郎は土手に立った。きょうも初夏の陽光が神田川の川面《かわも》に反射をしている。船がゆったりと河口に向かう。

平井大二郎の仕業《しわざ》を思わせるものは何もない。それなのに、剣一郎は頭から平井大二郎の姿が離れない。

新《あたら》シ橋のほうから、京之進と岡っ引きがやって来るのが見えた。

「どうだ、何かわかったか」

やって来た京之進に、剣一郎はきいた。

「はい。この辺りを流している夜鷹にきいてまわったのですが、誰も悲鳴を聞いていないのです。いいえ、それらしい声を聞いた者もいたのですが、一瞬だけだったので、さして気にもとめなかったということでした」

「おそらく、不意打ちだったのだろう」

犯人は暗がりからふたりの前に現れ、いきなり斬りつけたに違いない。先に男を斬り、次に女を殺《や》った。一瞬だけ悲鳴らしき声がしたというのは女の悲鳴だったのか。

「あやしい人間を見たものもいないのだな」

「はい。ただ、夜鷹を求めて男たちがうろついているので、その中に紛れてしまってわからなかったのではないかとも思えます」

京之進はさらに続けた。

「物取りではないようです。金はとられていませんでした。それから、春吉はひとから恨まれるような人間ではなかったようです。ひとがよいので評判だったそうですから」

「では、辻斬《つじぎ》りか」

「はい。その可能性が強いかと」

平井大二郎と辻斬り。結びつくだろうか。

いけない。またも平井大二郎を思い浮かべている。偏見だと自分を戒《いまし》めるが、なぜ、俺は平井大二郎を目の敵《かたき》のようにするのか。剣一郎は自分に問いかけた。

源助を斬り殺したことが脳裏《のうり》から離れないのだ。源助も袈裟懸けに斬られていた。それだけではない。源助を斬ったあとに見せたうっとりしたような表情。大二郎に言い知れぬ不気味さを覚えた。それゆえ、すべて平井大二郎と結びつけ、厳しい見方をしている。

平井大二郎らしき男を見かけた者がいないか調べて欲しい、と口に出かかった。すんでのところで、思い止まった。

剣一郎が疑っているだけだ。京之進に先入観を与えてしまってもまずい。

剣一郎は京之進と別れ、両国広小路に戻った。

両国橋を渡った。橋は大きく弧《こ》を描き、高いので富士山《ふじさん》の眺めもよい。橋の真ん中で立ち止まり、富士山を眺めている者も多い。

隅田川《すみだ》には屋根船や猪牙舟《ちょきぶね》がたくさん走っている。向島方面に目をやれば、かなたに筑波山《つくばさん》が望めた。

きょうも穏やかな日和だ。源助が騒ぎを起こした日のような強風は、あれからなかった。だが、油断はならない。ときたま、荒れた天気の日はある。

両国橋を渡り、回向院《えこういん》前を過ぎて亀沢町の端の角を曲がり、御竹蔵《おたけぐら》に沿って北に向かう。石原町で右に折れ、御家人の住む屋敷町を抜けて吉田町にやって来た。

ここに、夜鷹屋と呼ばれる夜鷹の寄場があった。剣一郎はそこに足を向けた。

夜鷹のために日用雑貨を売っている店に顔を出した。

「おや、青痣の旦那じゃありませんか」

歯の欠けた女が驚いたように言った。

「おせい。久しぶりだな。元気そうではないか」

「ほんとうにお見限りじゃございませんか」

「すまぬ」

剣一郎は夜鷹であろうが、どんな底辺の生き方をしている者であろうが、決して蔑んだ目では見ない。対等に接する。だから、この手の女からも信頼されているのだ。

このおせいも何年か前までは頭から手拭いをかぶり、厚く白粉《おしろい》を塗りたくり、筵を片手に柳原の土手に出没していたのだ。かなりの歳まで、客をとっていた。

「旦那。殺しのことですか」

おせいがきいた。

「いや。それは他の者がやっている。俺は違うんだ」

「そうですか」

意外そうな顔をした。

「おさんという女を知っているか」

「おさんですか、よく知ってますよ」

「ちょっとききたいことがあるんだ。呼んでもらえぬか」

「旦那の頼みじゃ仕方ないね」

よっこいしょ、とおせいは立ち上がった。

「旦那。ちょっと店番しておいてくださいな」

「よし」

おせいは店を出て行った。

掘っ建て小屋のような家屋が並んでいる。その前の物干しに、赤い襦袢《じゅばん》や手拭いなどが干してある。

ここから夕方になると、手拭いをかぶり、筵を抱えて、柳原の土手などに女たちが商売に出て行くのだ。

この世にはいろいろな種類の人間がいる。金持ちもいれば、貧しい者もいる。貧しい者のほうが圧倒的に多い。

だが、貧しくとも、皆懸命に生きているのだ。

おせいが女を連れて来た。浅黒い色の顔だ。近郊の百姓の娘だったのだろうか、と勝手な想像をする。

「旦那。おさんだよ」

おせいが引き合わせた。

「おさんか。訊ねたいことがある。元吉という男を知っているか」

「はい。何度か会ったことがあります」

おさんは気怠《けだる》そうに言う。白粉を落とした顔は青白く、皺《しわ》も目立ち、いかにも不健康そうだ。

「元吉はどんな男だ?」

「そうねえ、ちょっとずるいところがありますけど、そんな大きなことの出来るひとじゃないですねえ」

「ずるいというのは?」

「今度、金が入るから負けてくれと言って、払わないこともあるんです。そんなとき、土下座して頼むんです、結局金はくれませんよ。でも、忘れた頃にひょっこり、平気な顔でやって来るんです。憎めないところもあります」

「元吉は今度、ちゃんとした所で働くと言っていたが、聞いたことはないか」

「そういえば、そんなことを言ってたわね。どこまでほんとうのことかわからないけど」

「どこで働くと言っていた？」

「どこだったかしら」

おさんは小皺の目立つ顔を輝かせ、

「そうそう、浅草のほうの料理屋で働くとか言っていましたよ」

「料理屋？」

「ええ、料理屋の番頭になるんだって」

「料理屋の番頭か。なんというところだ？」

「そこまでは言ってませんでしたけど」

「そうか」

その他、いくつか聞いたが、さしたる内容ではなく、

「わかった、すまなかったな」

と、剣一郎は労《ねぎら》った。

「旦那。まだ、犯人は見つからないんですか」

「まだだ」

「怖くて土手に近づけませんよ。客だって寄りつかないし、商売上がったりなんです。早く、捕まえてくださいな」

「わかった」

「頼みましたよ」

最後は尻を叩かれて、剣一郎は夜鷹の寄場をあとにした。

そろそろ、女たちも化粧をはじめる時間だろう。


再び、両国橋を渡った。

米沢町の自身番の前に差しかかったとき、自身番から番人が飛び出して来た。

「青柳さま。花川戸の自身番から言づけがありました。蠟燭職人の政五郎がお話があるとのこと」

番人はいっきにしゃべった。

「よし、わかった」

番人はこの一帯にある自身番に、剣一郎が現れたら告げるようにと言ってまわったのであろう。

剣一郎は再び蔵前通りを花川戸に向かった。

吾妻橋の袂《たもと》に差しかかったとき、西陽が射していた。花川戸は指呼《しこ》の間《かん》だ。

蠟燭職人の政五郎の家に着いた。

剣一郎が土間に足を踏み入れると、政五郎がすぐに立ち上がって来た。

「青柳さま。ご足労願って申し訳ございません」

「なあに。何かわかったのか」

「いえ、たいしたことではないかもしれませんが、ちょっとお耳に入れておいたほうがよろしいかと思いまして」

そう言い、政五郎は声をひそめた。

「源助のことではなく、お町さんのことなんです」

「お町？」

「はい。お町さんは以前、田原町の『村川《むらかわ》』という料理屋で働いておりました。源助と所帯を持って辞めたのですけど、その『村川』の旦那というひとのところにお町さんは顔を出していたそうです。なにやら相談に乗ってもらっていたようです。源助から聞いたことですが」

「そうか、お町か」

今まで、源助のほうにばかり気をとられていたが、お町のほうにも目を向けるべきだったと、剣一郎は反省しながら、政五郎の話の続きを聞いた。

「その『村川』の旦那が一度、源助を呼び出したことがございます。あとで、源助に聞いたら、お町と別れたほうがいいと言われたって、怒っておりました」

「それはいつのことだ?」

「一年ほど前でございます。この話が参考になるかどうかわかりませんが、いちおう気になったものでお話をいたしました」

「いや、いいことを教えてもらった。その『村川』という料理屋はどこにあるのだ?」

「はい。田原町三丁目です」

「わかった。礼を言う」

「いえ、お役に立ててうれしい限りです」

剣一郎は政五郎の家から田原町に向かった。

雷門の前はひとでごった返している。そのひと込みをかきわけるようにして、田原町三丁目に向かった。

料理屋の『村川』はすぐにわかった。小さな門構えのこぢんまりとした料理屋だ。

その前を素通りした。

元吉は浅草の料理屋で働くと、夜鷹のおさんに言っていた。『村川』のことではないか。剣一郎はそんな気がした。

　この時間、まだ『村川』は店を開けていない。

　剣一郎は『村川』の玄関に入った。

　仲居頭《なかいがしら》らしい年配の女が雑巾《ぞうきん》掛けをしていた。

「すまぬ。仲居頭か」

　声をかけると、女が雑巾掛けの手を止めた。そして、剣一郎の顔を見て、あわてて傍にやって来た。青痣与力だとわかったからだろう。

「はい。なんでございましょうか」

「旦那か女将はいるか」

「いえ、今、出かけておりますが」

「ちょっとききたいことがある。こちらに元吉という男は来ているか」

　剣一郎はあえて元吉のことを口にした。

「元吉ですか。いえ、しばらく顔を見せていませんけど」

　仲居頭は訝《いぶか》しげに答える。

「最後に来たのはいつだ？」

「十日ほど前でしょうか。あの、元吉が何か」

「いや、たいしたことではない。元吉は二十五歳ぐらい、大柄な男だな」

「そうです」

「今度、ここで働くようなことを元吉から聞いたので、お店を見に来たのだ」

「そうでございましたか。旦那さまが帰って来ましたら、青柳さまがお見えになったことをお伝え……」

「いや。それには及ばぬ。それより、わしが来たことは旦那や女将に言わないほうがいい。よけいなことを喋《しゃべ》ったと、変に疑われるといけない」

「えっ、よけいなこと」

仲居頭は口を半開きにした。

「気にするな。たいしたことではないから、旦那や女将に言わぬことだ。わかったな」

「はい。わかりました」

仲居頭は緊張した声で答えた。

「もうひとつ、訊ねたい。ここに、平井大二郎という侍は来るか」

「平井さまですか。いえ、存じあげません」

「料理屋の客としてではなく、旦那のところに侍が訪ねて来ることは?」

「ないと思いますけど」

「わかった。邪魔をした」

『村川』を出てから、間違いないと、剣一郎は確信した。『村川』の主人が元吉を使って源助をお町のところに誘《おび》き出したのだ。

ただ、なんのためにそんなことをしたのか。そのことがわからなかった。


翌朝、剣一郎は下駄屋にお町を訪ねた。

お常が四半刻（三十分）ほど前に安次郎といっしょに出かけたと言った。

「ふたりで？　どこに行ったのかわかるか」

剣一郎は何かあると思った。

「今戸《いまど》だと言ってました」

「今戸だと」

今戸に何があるのか。もっとも、ほんとうに今戸に行ったという証はない。もしかしたら、『村川』かもしれないと思った。

すぐに、剣一郎はふたりのあとを追った。

四半刻前に出たというが、女の足だ。すぐには追いつけぬまでも、浅草近辺でふたりに会うことが出来るかもしれない。

そう思いながら、蔵前通りを駒形までやって来た。さらに、並木町に向かいかけたが、ふと、今戸という言葉を思い出した。

今戸に源助の墓があるのを思い出し、足の向きを変えた。

花川戸を過ぎ、山谷《さんや》堀にかかる今戸橋を渡り、今戸町にやって来た。

隅田川に沿った町並みの左手には寺が並んでいる。寺の前には花屋や水茶屋があるが、まだひとの姿はなく閑散《かんさん》としていた。

源助の墓がある寺の山門《さんもん》を潜《くぐ》る。本堂の脇に、墓が広がっている。その墓石の間を縫って行くと、女が引き上げて来るのに出会った。

お町だ。隣に安次郎がいる。

剣一郎は出て行こうとして、思い止《とど》まった。お町は悲しげな表情をしている。墓石の陰に身を隠し、ふたりをやり過ごした。

なぜか、剣一郎は違和感を覚えた。お町の表情に浮かぶ屈託《くったく》のようなものは何なのか。源助の死は、お町にも予期せぬ出来事だったのだろうか。

それとも、源助の死んではじめて、お町は自分のした行ないに慙愧《ざんき》の念を抱いたのだろうか。

ふたりが山門を出て行ったのを確かめてから、剣一郎は源助の墓に行ってみた。

白い花が飾られ、線香が煙を上げている。

お町だけでなく、安次郎の顔つきも厳しかった。源助を罠《わな》にかけたことを後悔しているのか。

剣一郎はすぐにふたりのあとを追った。

今戸橋の手前で、橋を渡って行くふたりの姿を見つけた。

花川戸を過ぎ、ふたりは雷門のほうに足を向けた。そして、そのままま っすぐ広小路を行く。

田原町に向かっている。『村川』に行くのだと、剣一郎は確信した。

何かが違う。剣一郎は自分の考えが違っているのではないかと思うようになっていた。

案の定、ふたりは『村川』に入って行った。ただし、表からではなく、家族用の出入り口からだ。

剣一郎は外で待った。

四半刻ほどしてから、剣一郎はふたりが入って行った家族用の出入り口に向かった。

声をかけると、女中が出て来た。亭主への取り次ぎを請《こ》うと、女中は奥に引っ込んだ。

しばらくして、恰幅《かっぷく》のよい男が出て来た。太い眉毛に大きな目。鬢《びん》に白いものが目立つが、生気が漲《みなぎ》っている感じだ。

剣一郎を見て、その男の顔が一瞬険《けわ》しくなった。

「ご亭主か」

「はい。弥右衛門《やえもん》と申します」

と、『村川』の主人は顔に似合わない静かな声で答えた。

「私は八丁堀与力……」

「青柳さまで」

名乗るまでもなく左頬の青痣でわかったようだ。いや、きのうの仲居頭から話を聞いていたのかもしれない。

「お町と安次郎の件で、話を伺いたい」

返事まで間があったが、

「わかりました。どうぞ、お上がりください」

と、弥右衛門は落ち着いて答えた。肝《きも》の据わった男だ。用件を察したのだろうが、動じることはなかった。

剣一郎は内庭に面した部屋に通された。お町と安次郎がいた形跡はない。ふたりとは他の部屋で会っていたのだろう。

差し向かいになってから、

「さっそくだが、お町と安次郎との関係から聞かせてもらいたい」

と、切り出した。

「わかりました」

弥右衛門は素直に応じる。

「まず、お町は三年前まで、うちで働いておりました。孤児だったのを引き取り、ずっと面倒を見て来ました」

「親代わりでもあるのだな」

「はい。ですから、源助と所帯を持つときも、喜んで送り出してやりました。しかし、源助があのような男だとはまったく知りませんでした」

「あのような男というのは？」

「酒癖が悪いのです。ふだんはおとなしいのですが、酒が入ると、すっかり人間が変わってしまうのです。嫉妬《しっと》深い男で、お町が少しでも外出先からの帰りが遅くなると、殴る蹴るの乱暴を働いたそうです」

「お町からは相談を受けていたのだな」

「はい。何度か源助に会って話したことがありますが、しらふのときはほんとうにおとなしい男でした。でも、一度、お町が駆け込んで来たので、源助に会いに行ったことがあります。そのときの源助は酔っぱらって顔つきまで変わっていました。これでは、お町が可哀《かわい》そうだと思いました」

弥右衛門は厳しい顔つきのまま続けた。

「源助が呑んで暴れたため、お町が家を飛び出し、駒形堂の辺りで時間を潰しているとき、安次郎と出会ったのです。安次郎は当時は駒形のほうの料理屋で板前をしていたようです。あるとき、お町が安次郎を連れて、私のところにやって来ました。そのとき、私ははじめて安次郎と会いました」

「そなたが、ふたりに逃げるように勧めたのか」

「はい。このままでは、お町は不幸になると思いましたから」

「橘町の家も？」

「はい。私の存じ寄りのひとです、お常さんは。二階の部屋を誰かに貸したいと言っていたのを思い出し、そこに世話をしました。安次郎は自分で、薬研堀の料理屋に板前の仕事を見つけたのです」

弥右衛門はふっと大きくため息をついた。

「でも、お町は源助が怖くて、外に出るときはいつもびくびくしていたようです。源助のほうは、お町がいなくなってから、ますます酒癖が悪くなって……」

「お町を助けてやりたかったのか」

「えっ」

「それで、元吉を使って、源助を唆したのだな」

「青柳さま。そこまで、お調べを」

弥右衛門は目を見張ってから、肩を落とした。その態度から、仲居頭はきのう剣一郎が訪ねたことを話していないのだとわかった。

「元吉の言うがままに、源助はあの家に立て籠もった。おまえの企んだようにな」

弥右衛門は俯いていた顔を上げた。

「一歩間違えれば、大惨事《だいさんじ》になるところだったのだ」

「恐れ入ります」

弥右衛門は頭《こうべ》を垂れた。

「源助は平井大二郎という侍に斬られて死んだ。それも、計算のうちだったのか」

「とんでもない。あれは、私にとっても予想外のことでした。私は、源助があのような形で立て籠もれば、きっと遠島になる、それを狙ったのです。まさか、お侍さまが乗り出して来るとは思いもよりませんでした」

「平井大二郎とは関係ないと言うのだな」

「はい。ありません。あのようなことになるとは思ってもいなかったので、私もお町も心を痛めております。たとえどんな人間であろうと、一度は所帯を持った男。源助の死に、お町は責任を感じているのです。一時は、安次郎といっしょになってはいけないのではないかと、真剣に悩んでおりました。食欲もなく、頬はげっそりとこけ……」

「そうまでしても源助からお町を逃れさせたかったのか」

「じつは、お町と安次郎にこの店で働いてもらおうとしたのです」

「この店で？」

「はい。最近、私どもの店の味が落ちたという噂が立っております。残念ながら、事実でございます。客足が落ちているので、心機一転、ふたりを迎えて出直すことにしたのでございます。安次郎は板前としての腕は一流です。お町にも仲居として働いてもらおうと思っていたのです。ところが、ここと源助の住む長屋は目と鼻の先。これでは、いつか源助に見つかってしまいます。それで、あのようなことを企んだのでございます」

いきなり、弥右衛門は畳に手をついた。

「青柳さま。このたびのこと、お町と安次郎はただ私の指示に従ったまでのこと。すべて、私が勝手にやったこと。どうか、ふたりにはお情けを」

弥右衛門が哀願するように言ったとき、いきなり襖が開いた。

「違います。旦那さまは関係ありません。私の一存でやったのでございます」

お町が訴えた。

「お町。何を言うのだ。おまえは引っ込んでいなさい」

弥右衛門が叱る。

「いえ。旦那さまが悪いのではありません。私が一番、悪いのです」

お町の背後から安次郎が現れ、お町と並んで這《は》いつくばり、

「私です。私が源助さんを罪に陥《おとし》いれようと考えたのでございます。旦那さまもお町も関わりがありません」

「ふたりとも、よさないか」

弥右衛門がたしなめた。

「青柳さま。このふたりは私を庇おうとしていますが、このたびのこと、すべて私の一存でしたことでございます。ふたりは私の企みを知らなかったのです」

「最後にひとつだけ聞かせてもらおう。元吉とはどういう関係なのだ」

剣一郎は弥右衛門に確かめた。

「あの者は振り売りの商いをしており、ふとした縁で知り合ったもの。まっとうな仕事に就きたいというので、この店で働いてもらおうと思ったのでございます。元吉も、私が仕事をエサにして手伝わせたもの。元吉には何の罪もありません」

弥右衛門の話に矛盾《むじゅん》はないようだ。

「もし、最初の計画どおり、源助が捕まった場合、源助の口から元吉の名が出ただろう。元吉はなんと申し開きをするつもりだったのだ?」

「ただ、源助から頼まれて、お町の居場所を突き止め、教えて上げたと訴えるだけです」

弥右衛門はほんとうのことを話している。剣一郎はそう思った。

「疑問は氷解した」

剣一郎は言い、

「追って沙汰《さた》するまで、今の話、他言《たごん》無用ぞ」

と、強い口調で言った。

剣一郎は『村川』をあとにした。剣一郎にとっては思いがけない結果になった。

それから、剣一郎は奉行所に行かず、まっすぐ屋敷に帰った。

多恵は黙って迎えに出た。

「呼ぶまでひとりにしておいてもらいたい」

剣一郎は居間に入り、部屋の真ん中に座った。

今度のことは、弥右衛門の言うことが正しいであろう。お町と安次郎は恩ある弥右衛門を助けようとして、しゃしゃりでて来たに違いない。

源助を罠《わな》にはめ、罪に陥れようとしたことは許しがたいことだ。罪人に仕立てられたほうはたまったものではない。

しかし、元吉はうまく言い含めて源助をその気にさせたのだろうか。元吉が唆すまでもなく、源助なら自分の意志であのような行動に出たことは十分に考えられる。

ただ、一歩間違えたら、大惨事を引き起こしかねない行為だった。その危険性を考えたら、目を瞑《つむ》ることは出来ない。

法に照らし合わせれば断罪は免れまい。奉行所にて、お裁きを受けるのが当然であろう。だが、と剣一郎は考えた。

お町と安次郎にとってはやむにやまれずに行なったことに違いない。また、弥右衛門のほうはわが利益よりも、ふたりを助けてやりたいという思いからした行為だ。

そのことを責めることが出来るだろうか。

ただ、呑んでは暴行を働く源助から逃れるために、あのような行動に出たというが、それ以外に方法はなかったのか。

剣一郎はそのことを考えた。果たして、何か他にあっただろうか。

源助は、ふたりをぶっ殺してやると言っていた。元吉が居場所を教えなかったとしても、いつか源助はふたりに出会ったかもしれない。

辺りは薄暗くなっていた。気持ちは固まっていた。だが、自分自身を納得させるだけの裏付けが欲しいのだ。

そもそも、源助の立て籠もりに疑問を持ったのは、平井大二郎が源助を斬り殺したことがきっかけだ。

わざわざ、隣家の屋根伝いに部屋に飛び込み、源助を斬り捨てた。その平井大二郎の行為から、源助の口封じを図ったのではないかという疑いを持ったのだ。

もし、平井大二郎が現れなかったら、どう思っただろうか。

おそらく、剣一郎も弥右衛門の企みに気づくことなく、単なる立て籠もり事件として見たのではないか。

事実、剣一郎以外に、疑問を抱いた者はいないのだ。

つまり、剣一郎の疑問は立て籠もりの裏に平井大二郎がいるのではないかということから出発した。そのことが否定された今、剣一郎はなぜ、あえて立て籠もり事件を深く追及することがあろうか。

多恵が行灯に明かりを入れに来た。仄《ほの》かな明かりが灯ったとき、剣一郎は覚えず口にした。

「腹が空いたな」

結論が出て、改めて空腹に気づいたのだ。

翌朝、剣一郎は出仕して、まず宇野清左衛門のところに行った。

「宇野さま。例の立て籠もり事件でございますが、私の考え過ぎでございました。いろいろ調べましたが、源助がひとりで引き起こしたことに間違いないことがわかりました」

剣一郎は報告したあと、

「お騒がせして、誠に申し訳ございませんでした」

と、畳に手をついて謝罪をした。

「いや、ごくろう。なにも、詫びる必要はない。青柳どのが調べた末の結論で、誰も罪人を出さずに済んだことこそ、喜ばしい限りではないか」

まるで、剣一郎の腹の中を読んだように、清左衛門は言った。

「ありがとうございます。なれど、長谷川さまはまたご立腹のことでありましょう」

「なあに、気になさるな。あの御仁は青柳どのには何かと難癖をつけたいだけだ」

そう言ったあと、清左衛門は急に声を潜め、

「青柳どの。うまく解決をみたようだな」

と、意味ありげに言った。

「はっ？」

剣一郎は驚いて清左衛門の顔を見つめた。

「わしが何年、青柳どのとつきあって来たと思うのか。青柳どのの安心したような表情を見れば、わかる。罪人を出さずに済んでよかったと顔に書いてある」

「宇野さま」

清左衛門はすべてお見通しだと、剣一郎は改めて感謝の念で、深々と頭を下げた。

第三章　試し斬り

一

翌日の昼過ぎ、佐久間町《さくまちょう》の大番屋に、『村川』の主人弥右衛門がやって来た。

羽織姿の弥右衛門は、思い詰めた様子で入って来た。覚悟を決めているような態度に見受けられた。

「旦那さま」

すでに来ていたお町が呟《つぶや》いた。隣にいる安次郎も、悲しげな目を弥右衛門に向けた。

ふたりに目顔で会釈《えしゃく》をし、弥右衛門は剣一郎の前に立った。

「青柳さま。遅くなりました。いろいろあとのことを店の者に指示しておりましたら、思いの外《ほか》時間がかかってしまいました」

弥右衛門はお縄を覚悟で、身辺整理をしてやって来たようだ。

「ごくろうである」

剣一郎は弥右衛門に声をかけた。

黙礼をし、弥右衛門はお町と安次郎のところに向かった。

「待て」

土間にじかに腰を下ろそうとした弥右衛門を制し、

「すぐ終わる。立ったままで」

と、剣一郎は指示をした。

弥右衛門は不思議そうな顔をした。

お町と安次郎を弥右衛門の横に立たせてから、剣一郎は切り出した。

「三人とも、わざわざごくろうであった。先日の源助の騒ぎについて、奉行所でもいろいろ調べてきたが、それも終わったので、そなたたちにも知らせておこうと思ったのだ」

剣一郎は三人の顔を順番に見ながら続けた。

「源助は、お町への未練と憎しみが高じて、お町と安次郎に恨《うら》みを晴らさんと、あのような大胆な振る舞いに及んだものであることがはっきりとわかった。源助の日頃の態度から、お町が恐怖を抱いたことは理解出来、安次郎とのこともやむを得なかったものと思える。そのふたりに力を貸してやった弥右衛門の行ないも十分に納得出来る。源助が無残な最期を迎えたのは、平井大二郎という侍がたまたまあの場所に通り掛かったことが不運であった。いわば、今回のことは源助の自業自得《じごうじとく》であると言わざるを得ない。ただし、お町」

剣一郎はお町に顔を向けた。

「どんな男であれ、いったんは自分の亭主とした男。これからも、源助の供養《くよう》を続けていくように」

「はい」

「安次郎。そなたも、形としては源助からお町を奪ったことになる。そうまでして、お町といっしょになったのだ。源助のぶんもお町を守っていくように」

「はい。肝《きも》に銘《めい》じて」

安次郎は真剣な眼差《まなざ》しを向けて答えた。

「弥右衛門。これからも、ふたりを見守ってやるように。以上だ。ごくろうであった」

「青柳さま」

弥右衛門が口をはさんだ。

「お咎めだと？　弥右衛門。お町と安次郎の面倒をみているのに、なんでお咎めがあろう。これで、事件は決着を見た」

剣一郎は言い切った。

「では、私たちのことを……」

弥右衛門が声を詰まらせた。

「そのほうが何のことを言っているのかわからぬが、もうけりがついたのだ。あとは、それぞれが、亡き源助を弔《とむら》いながら、頑張って生きていくことだ」

「青柳さま。ありがとうございます。このとおりでございます」

弥右衛門は深々と腰を折った。

「いつか、『村川』で、安次郎の料理を味わってみよう」

「はい。お待ち申しております」

お町と安次郎も深々と頭を下げた。

「弥右衛門」

「はい」

「元吉にも、源助の供養をするように伝えておくのだ」

「私へのお咎《とが》めは？」

「畏《かしこ》まりました」

「よし。もうよいぞ」

「青柳さま。この御恩は……」

「弥右衛門。若いふたりを頼んだ」

剣一郎は三人を見送った。途中、何度も振り返っては辞儀《じぎ》をして、三人は大番屋をあとにした。

大番屋に入ると、一部始終を見ていた京之進が、

「とてもよいお裁きでございました」

と、うれしそうに言った。

「いや。結局、わしが先走り過ぎただけだ」

剣一郎は自嘲《じちょう》気味に言った。

「とんでもない。私だったら、まさかあのような裏があったとは気づかずにすませてしまったところです」

京之進には、包み隠さずに事実を話して、罪を不問にすることの了承もとっていた。

源助の事件はこれでけりがついたが、まだ、平井大二郎が源助を斬ったことが引っ

掛かっている。

源助と大二郎には何のつながりもない。わざわざ、二階の部屋に乗りこんで、源助を殺さねばならぬ理由があったとは思えない。

あのような大騒ぎを引き起こした源助に対して義憤《ぎふん》に駆られた末の行動だったと思えぬこともないが……。

「京之進。例の辻斬りの件はどうなった?」

殺された夜鷹と客の職人はひとに恨まれることもなく、金目のものも盗まれていないので、辻斬りであろうと見なされた。

剣一郎が辻斬りの事件を思い出したのは、やはり大二郎に疑いの目を向けているからかもしれない。

源助の傷口と、夜鷹と客のふたりの傷口は似ていた。どれも、左肩から袈裟懸《けさが》けに斬られていた。

だからといって、辻斬りの犯人が大二郎であるという証拠にはならない。思い過ごしが強いかもしれない。

「いまだに手掛かりがありませぬ」

京之進が悔《くや》しそうに言う。

「あの夜、あの付近で侍が目撃されていました。真っ暗だったので顔まではわかっていません。その侍が関わっているという証拠もありませぬが」

「侍が目撃されていたのか」

「はい。夜鷹を求めてあの辺りを徘徊《はいかい》していた男が土手下で侍とすれ違ったと言っていました。その侍が犯人でなくても、怪しい人間を見ている可能性もあるので、見つけ出したいのですが……」

「その男とは？」

「はい。この近くの神田松永町《まつながちょう》の平兵衛店《へいべえだな》に住む喜蔵《きぞう》という男です」

「喜蔵は何をしている男だ？」

「盛り場を徘徊して、金になることなら何にでも首を突っ込むやくざな男です」

「地廻りか」

その喜蔵がすれ違った侍が平井大二郎かどうかはわからない。

「辻斬りだとしたら、また凶行に及ぶかもしれぬ。警戒を怠《おこた》らぬように」

「畏まりました」

剣一郎は大番屋を出てから、神田松永町に向かった。

盛り場をうろつく地廻りなら、この時間はまだ家にいるかもしれないと思った。

神田松永町の北側は御家人の屋敷町だ。剣一郎は平兵衛店の木戸を入った。

井戸の端《はた》にしゃがんでのんびり煙草《たばこ》をすっている年寄がいた。剣一郎は近寄って、

「喜蔵の住まいはどこか」

と、訊ねた。

「あの男、また何かやりましたか」

年寄は目をしょぼつかせてきいた。

「いや。そうではない。教えてもらいたいことがあって来たのだ」

「そうですか。奴も根はいい人間なんだが……」

年寄は呟《つぶや》き、

「住まいはどん詰まりです」

と、付け加えた。

「今、いるかな」

「寝ているんじゃないですかえ」

「ともかく、訪ねてみよう」

剣一郎は喜蔵の住まいに向かった。

腰高障子《こしだかしょうじ》を叩き、戸を引いてみた。軋《きし》みながら戸は開いた。

「喜蔵はいるか」

声をかけると、薄暗い奥からもぞもぞと起き上がる気配がした。

「誰でえ」

「八丁堀の青柳剣一郎という者だ」

目をこすりながら、上がり口までやって来た。

「こいつは青柳の旦那で」

喜蔵は剣一郎の左頬の青痣を見た。

「起こしてしまい、気の毒なことをしたな」

「いえ、もう起きなきゃならねえ時間でして」

喜蔵は畏まって言う。二十七、八歳ぐらい。のっぺりとして、どこか間延びしたような顔だ。

「喜蔵。なんだか緊張しているようだが、何をやったんだ」

「すいやせん。つい」

「つい、なんだ？」

「悪気はなかったんです。ただ、あんまし、あの野郎が店の女に絡《から》むので、ちょっと手を出しただけで」

「喜蔵。その件は別に聞こう」

「えっ、そのことじゃないんで」

喜蔵はあわてた。

さっきの年寄が言うように、根は悪い人間ではないのだろうが、やくざな生き方しか出来ない不器用な男なのかもしれない。

「柳原の土手で、辻斬りがあった日のことだ。おまえは現場近くで、侍とすれ違ったそうだな」

「そのことでしたか」

喜蔵はほっとしたように表情を緩《ゆる》め、

「へい。すれ違いました。でも、真っ暗ですから、顔はわかりません」

「背格好はどうだ？」

「あっしより、ちょっと高かったと思います。あっしは、五尺五寸（一六五センチ）ですから」

「瘦《や》せていたか」

「へえ、瘦せているほうでした」

「その他に何か気づいたことはないか」

「いえ」

「よく、思い出してみろ」

「そう仰《おつしや》られても……。あっ」

喜蔵が口を大きく開けた。

「何かあったか」

「へい。すれ違ったあと、なんだかいい匂《にお》いがしやした」

「いい匂いだと？」

「へえ。お香のような」

「匂い袋だ」

剣一郎は大二郎からも麝香《じやこう》の香りがしたことを思い出した。

「喜蔵。よく思い出してくれた。あまり悪さをして、御上の手を煩《わずら》わす真似はやめるのだ。よいな」

「へい」

喜蔵は額を畳につけて辞儀をした。

背格好といい、匂い袋といい、喜蔵がすれ違った侍が平井大二郎の可能性は強い。

だからといって、大二郎が辻斬りの犯人だということにならない。

だが……。

その夜、剣一郎の屋敷に、文七《ぶんしち》がやって来た。

いつものように庭先に立った文七に、剣一郎は濡《ぬ》れ縁《えん》に出て、

「呼び出してすまなかった」

と、声をかけた。

「いえ、とんでもない。いつでも声をかけてくだされば、すぐにやって参ります」

「うむ」

文七は最初は小間物屋として、屋敷に出入りをはじめた男だったが、じつは多恵の父親の恩を受けた男らしい。いつしか、剣一郎の手足となって働くようになった。

「旗本平井嘉右衛門の次男で大二郎という者がいる。この者のことを調べて欲しい。どんな人間で、外でどんなことをしているのか」

「わかりました」

剣一郎は、柳原の土手の辻斬りに関わっている疑いがあることを告げ、さらに、源助を斬り捨てた顛末も語って聞かせた。

「斬り口が三人とも似ている。だからといって、辻斬りも大二郎だというつもりはない。だが、自分とはなんの関係もない源助をわざわざ二階に駆け上がってまで斬りつけたことに合点《がてん》がいかない。まるで、ひとを斬りたかっただけではないか。辻斬りもそうだ。まるで、試し斬りでもしたかったのではないかと思えてならない」

剣一郎は自分の考えを述べた。

「よくわかりました」

文七は呑み込みが早い。剣一郎の狙いを素早く察する。

「ふつかほど、お時間をいただければと思います。とりあえず、明後日の夜に参上いたします」

「うむ。頼んだ」

庭の暗がりに消えて行った文七を見送って、剣一郎はふと文七がいくつになるのだろうかと考えた。

二十六、七歳か。そろそろ身の振り方を考えてやらねばならないと、剣一郎は自分のために尽くしてくれる文七の将来を案じた。

二

翌日の昼過ぎ。

深川正覚寺の墓地は樹木に囲まれ、雨が降り出してきて、ますます鬱蒼《うっそう》としていた。

雨が、墓の前に額《ぬか》ずいている男の背中に容赦《ようしゃ》なく当たっている。その男の様子を、久五郎《きゅうごろう》は番傘の内からじっと見つめていた。

白木の墓標《ぼひょう》には、なにかの文字のあとに大姉《だいし》と書かれてある。先頃、自殺した『兵庫屋』の娘おそのの墓だ。額ずいている男の名は音吉。

音吉はほとんど毎日のようにこの墓にやって来て、同じように墓の前で座っている。ときたま何かを語りかけているようだ。

雨は音吉の頭から顔を濡らし、着物にも滲《し》みている。雨にも気づかないのだ。このままでは、音吉はおそのの墓の前で、息が絶えてしまうのではないか。そんな気がした。

雨が激しくなってきた。久五郎はゆっくり歩き出した。

高下駄の音にも、音吉は気づかない。

久五郎は音吉の横に立った。

「音吉さん」

音吉の頭上に傘を差しかけて声をかけたが、音吉に反応はない。

もう一度、大きな声で呼びかけた。

今度は微《かす》かに反応を見せた。音吉はおもむろに顔を向けた。眼窩《がんか》が落ちくぼみ、頬はこけている。おそらく、まともに食事もとっていないのだろう。

「音吉さん。雨が降って来た。さあ、帰ろう」

久五郎は穏《おだ》やかに言う。

「いやだ。ここにいる」

強い口調で言い、再び、音吉は墓標に目をやった。

「雨に打たれていたら風邪を引く。おそのさんもかえって心配する」

「おそのさん？」

おそのの名前に反応して、音吉が虚《うつ》ろな目を向けた。

「おそのさんのことで話があるのだ。私につきあわないかね」

「おそのさんのこと……」

鈍い反応ながら、音吉は久五郎の言葉に表情を変えた。

「おそのさんも可哀《かわい》そうなことをした」

「おそのさんを知っているんですか」

音吉の目が鈍く光った。

「話したことはないが、知っている」

「おそのさんのことで何か知っているんですね」

「ここでは話が出来ない。さあ、立って」

久五郎が言うと、音吉もようやく立ち上がった。

「おそのさん。また来る」

音吉は墓標に向かって囁《ささや》いた。

「行こうか」

門前の茶店で借りて来た傘を音吉に渡し、久五郎はもう一本の傘を開いた。これも、茶店で借りて来たものだ。

足元がぬかるんできた。水たまりを避けながら、久五郎と音吉は墓地を抜け、山門に向かう。

久五郎が何者であるのか、音吉は訊ねようともせずに黙ってついて来る。そういうことまで考えられないのかもしれない。

山門を出てから、目の前にある茶店に入った。

「まあ、すっかり濡れてしまって」

婆《ばあ》さんが音吉のために手拭《てぬぐ》いを出してくれた。軽く会釈をし、音吉は手拭いで、頭から顔、そして着物を拭いた。

「甘酒をもらおう」

久五郎は婆さんに言う。

ふたりは奥の腰掛けに腰を下ろした。

「あなたは、どなたさまですか」

はじめて気づいたように、音吉が訊ねた。

「私は久五郎というものだ。ある事情から、おそのさんのことを知っている。なぜ、死んだのかもね」

「ほんとうですか。おそのさんがなぜ、死んだのか、知っていらっしゃるのですか」

音吉は食いつきそうな目をした。

「知っている」

「教えてください。何があったのか」

婆さんが甘酒を運んで来た。

「さあ、呑みな。体が温まる」

冷たい雨に打たれ、体は冷えているはずだ。音吉は、なおも何かを訊ねようとしたが、久五郎は先に湯呑みを摑み、甘酒を口に含んだ。

音吉もやっと甘酒に手を伸ばした。

一口呑むと、音吉は夢中になって全部を呑み干した。

「どうだ、少しは生き返ったろう」

「はい」

音吉が待ちかねたように、

「教えてください。おそのさんのことを」

と、拝むように言う。

「その前にきくんだが、音吉さん。おまえさんは毎日、おそのさんのお墓に行っているが、あそこで何をしているんだね」

「何をって」

音吉は戸惑《とまど》いを見せ、

「おそのさんにきいているんです。いったい、どうしてあっしを置いて死んじまったのかと」

「何か、わかったかえ」

「いえ、おそのさんは何も答えちゃくれません」

「そうだ。もう、おそのさんは何も答えられないのだ」

「おそのさん……」

急に、音吉は嗚咽《おえつ》を漏らした。

「おそのさんのことがそんなに好きだったのか」

「あっしの命でした。掛け替えのないひとでした。おそのさんがいない世の中なんて、生きていく意味がありません」

音吉はしゃくりあげながら言う。

「わかる。私もそうだった」

久五郎は古傷を抉《えぐ》るように言った。

「えっ。あなたも」

「私の場合は娘だ。ひとり娘に先立たれて、今のおまえさんのように毎日、仏壇の前で泣いていた」

久五郎は今でも娘のことを思うと胸の底から込み上げてくるものがある。いっとき

の感傷が去ってから、

「音吉さん。おまえさんはこれからどうするつもりなんだね」

と、久五郎は鋭い目を向けた。

「どうするもなにも。さっきも言いましたけど、おそのさんがいない世の中で、生きていたいとは思いません。早く、死にたい。死んで、おそのさんのところに行きたい」

またも、音吉は涙ぐんだ。

「おまえさんは確か、飾り職人だったね。腕を磨《みが》いて、一人前の職人になりたいとは思わないのかえ」

「そんなもの……。おそのさんがいてこそ、やりがいがあるんだ。もう、関係ありませんよ。親方だって、もう俺を見放していなさる」

「それでいいのか」

久五郎は確かめた。

「いいも悪いもありませんよ。あっしの人生は終わったんですよ」

こう言っていても、半年経ち、一年も経つうちに、気持ちが変わって来る。おそのに対する思いも薄れ、また新たな女に目が行くようになる。

だが、いまの気持ちは音吉が自ら言ったとおりに違いない。音吉は自分の気持ちが変化して行く前に、死を選ぶかもしれない。それほど、おそのに惚《ほ》れきっている。

「どうだえ、甘酒をもういっぱいもらうかえ」

「いや、結構です。それより、おそのさんの死んだ理由を知っているんですかえ。知っていたら、教えてください。なぜ、死んだのか」

新たな客が入ってきて、婆さんはそっちに注意が行っている。

「音吉さん。その前に、確かめたいことがある」

久五郎はつい自分の顔が強張《こわば》っていることに気づいた。

「なんでしょうか」

「おまえさんの命、俺に預からせてもらえないか」

「あっしの命……」

「そうだ、おまえさんの命だ」

久五郎はじっと音吉の瞳を睨《にら》み付けた。

三

その日、剣一郎は雨の中を橘町一丁目にやって来た。道はぬかるみ、水たまりも出来ている。

剣一郎は足元に用心しながら自身番に入って行った。

「これは青柳さま。ごくろうさまに存じます」

月番の家主が挨拶をした。

「さあ、どうぞ」

家主が上がり口を空けてくれたが、剣一郎は立ったまま、

「その後、変わったことはないか」

と、訊ねた。

「はい。先程、植村さまがやって参りました。おかげさまで何事もありません」

定町廻り同心の植村京之進は各町の自身番をまわって、町内で変わったことがないか確かめて行くのだ。

「平井嘉右衛門さまのご次男で、大二郎という男のことでちょっとききたい」

「大二郎さまのことですか」

家主が微かに眉《まゆ》を寄せた。

「この辺りの評判はどうだ？」

「顔は役者のようですが、旗本であることを笠に着て、やりたい放題。ふんぞり返って歩いていますよ」

家主は大二郎に反感を抱いているようだ。

「そうそう、青柳さま」

家主は急に声を潜《ひそ》めた。

「先日、大二郎さまの仲間だというお侍がこの付近の商家をまわって、金をせびっていったそうです」

「金をせびった？」

「はい。大二郎さまのおかげで火事を免《まぬが》れたのだ。その謝礼をいただきたいと」

「謝礼だと」

剣一郎は呆《あき》れ返った。

「払ったのか」

「はい。村松町にある炭屋さんをはじめ、数軒が払ったようです。なにしろ、大二郎さまのおかげで、大惨事を免れたことは間違いないので、払わざるを得なかったようです」

「ばかな」

剣一郎は虫酸《むしず》が走った。

「もちろん、大二郎もいっしょにいたのだな」

「はい。大二郎さまは店先で待っていたそうです」

そんなことで金を巻き上げるとは呆れた所業だ。大二郎は直参の矜持《きょうじ》など持ち合わせていないのかと、剣一郎は腹立たしくなった。

「それに、断れば、あとで何らかの仕返しがされると思ったようです。触らぬ神に祟《たた》りなしですから」

家主は、金を支払わざるを得なかった主人たちの代弁をした。

「何かそういうことがあったのか」

「ええ。呑み屋で酒代を払わなかったり、気に食わないと、入った料理屋をめちゃめちゃにしてしまったという噂も耳にしました。どうにもたちの悪い人間です」

家主が憤慨《ふんがい》して言うと、書役や番人たちも異口同音に、大二郎を批判した。

そういう人間だからといって、大二郎が辻斬りの犯人だということにはならない。

それに、今の話は大二郎を面白く思っていない者たちの一方的な意見であり、大二郎側にも別な言い分があるかもしれない。

呑み屋で酒代を払わなかったというのは、何か他に事情があったのかもしれない。料理屋をめちゃめちゃにしたというのも、深い事情があった可能性もある。

だが、そうは思っても、大二郎に問題がありそうだという印象は拭えない。

自身番を出て、剣一郎は村松町に向かった。

件《くだん》の炭屋はすぐわかった。小商いの商家が並ぶ通りにある土蔵造りの建物で、剣一郎は店先に立った。

店先に出て来た小僧が、

「青痣与力……」

と、剣一郎の頬の青痣を見て息を呑んだ。

ちょっとお待ちをと、言い終えないうちに、小僧は奥に引っ込んだ。それから、主人らしき男が出て来た。

「青柳さまでございますか」

炭屋の主人は剣一郎に頭を下げた。

「ちょっと小耳にはさんだのだが、旗本の平井大二郎が、ここにやって来たそうだな」

剣一郎はさっそく訊ねた。

「はい。お仲間のお侍さんが店に入って来ました」

「金を出せと？」

「はい。まったく、ごろつきのゆすりと同じでございます」

忌《い》ま忌ましげに、主人は言う。

「詳しく話してくれ」

「はい。こうでございます。お侍さまが入って来て、この前はたいへんな騒ぎだったなと話しはじめました。ええ、たいへんでございましたと相槌《あいづち》を打つと、あの騒ぎのけりをつけたのが平井大二郎さまだ。お礼を差し上げたらどうだと言い出したのでございます」

主人は顔をしかめて続けた。

「私どもがお金を出すのは筋違いではありませんかと申しますと、では、おまえはあのまま火事になっても構わなかったと言うのかと、いきなり怒り出しました。店の外で、平井大二郎さまがにやにやと不気味な笑みを浮かべております。このままでは何をされるかわからず、一両を払いました。なにしろ、昔から、たちのよくないお方でしたから」

「平井の殿さまというのはどのようなお方だ？」

「はい。とても吝嗇《りんしょく》なお方で、代金をとりっぱぐれているお店も多いかと思います。大きな声では言えませんが、あの親にしてこの子ありかと」

主人は蔑《さげす》むように言った。

それから、二軒ほど商家をまわったが、やはり同じように一両をとられていた。

剣一郎は平井嘉右衛門の屋敷に向かった。大二郎の言い分も聞かなければ、正確な判断は出来ない。

平井家の屋敷の前に立った。

千八百石の旗本の屋敷はそれなりに広い。通りに面して立派な長屋門がある。家来や奉公人は足軽や女中などを含めて三十人以上いるだろう。

いきなり訪ねても門前払いを食わされるだけだ。いや、正式に面会を申し込むにしても理由が弱い。

平井大二郎が出て来るのを待つしかなかった。が、いつ出て来るかわからない。剣一郎はしばらく長屋門を見ていたが、諦めて引き返した。

平井大二郎に会ったところで、先方は礼にとくれたのだと主張するだけだろう。

夕方になって、雨が止んで来た。雨は長続きしなかったが、日照り続きだった江戸の町にはいいお湿りになった。

剣一郎が浜町堀にかかる千鳥橋に差しかかったときだ。川のそばに佇《たたず》んでいる男を見つけた。

確か、死んだおその許嫁《いいなずけ》の音吉だ、と思った。足袋屋『兵庫屋』の主人儀兵衛が言うには、音吉はおそのの墓前で毎日のように泣き崩《くず》れているという。

今も、おそのが死んだ場所に来ている。いまだに、心の傷は癒《い》えないのだろう。悄《しょう》然《ぜん》と佇む姿は痛々しい。飾り職人だと聞いているが、仕事も手につかない状態はまだ続いているのか。

おその自殺の理由がわからないままなので、気持ちの整理がつかないのかもしれない。

一度、話をしてみようと土手下に向かいかけたが、それより早く、音吉は引き上げるところだった。

音吉は土手を駆け上がった。その足取りは力強いものがあった。重たい足取りを想像していただけに、剣一郎には意外だったのだ。

　立ち直りつつあるのかもしれない。わざわざ、追いかけて行くこともあるまいと、剣一郎は音吉を追おうとしなかった。

四

　その夜、久五郎は浜町堀の近くにある居酒屋の暖簾《のれん》をくぐった。

　昼間、正覚寺で音吉に接触し、話し合って来た。音吉の気持ちを確かめ、いよいよ動き出したのだ。

　戸口で、狭い店内を見回すと、隅《すみ》の樽椅子《たるいす》に座っている与助《よすけ》を見つけた。与助は横《よこ》山同朋町《やまどうぼうちょう》に住む日傭取《ひようと》りの男だ。

　甲府《こうふ》のほうから江戸に出て来たらしい。二十五歳である。

　久五郎は与助の前に座った。

「おまえさんは……」

　与助は酔いがまわったような顔を上げた。

「久五郎だ。ほれ、この前、ここで話をしただろう」

「ああ、久五郎さんか」

久五郎は小女《こおんな》に酒を頼んでから、

「どうだ、この前の話、乗るか」

と、顔を突き出してきく。

「ほんきなのか」

与助が半信半疑の顔をした。

「冗談で、そんなことは言いやしない。真面目な相談だ」

「でも、わからねえ。なんで、あんなぼろ長屋が」

「この前も言っただろう。あそこは親方のところに通うのに便がいいんだ。溜まっている家賃は私が払う。さらに、引っ越し料に一両出す。さらに、二両やろう」

「ほんとうにほんとうなんだな」

まだ信じられないのか、与助は不審そうな顔を突き出してきく。

「ほんとうだ」

久五郎は財布を取り出し、一両を抜き取って与助の前に置いた。

「とっておけ」

与助は素早く手を伸ばした。

「わかった。さっそく大家に話し、明日にでも出て行く」

「ただし、私の依頼で引っ越すということは誰にも言うな。あくまでも、自分の意志ということでな」

久五郎は念を押した。

「わかった」

与助は残っている酒を呑み干した。

小女が酒を持って来た。

「さあ、呑みなさい」

「すまねえ」

与助の猪口《ちょこ》を持つ手が微かに震《ふる》えていた。思いがけぬ割のいい話に少し興奮しているようだ。

それから、しばらくして、与助は大家に話してくると言って立ち上がった。新しい住まいを探すのはわけない。裏長屋なら空いているところはどこにでもある。

久五郎も立ち上がり、店の前で与助と別れた。

そして、久五郎は横山同朋町の二階建ての長屋に帰って来た。二階家にひとり住まいだ。誰も迎えてくれる者はいなかった。

久五郎は二階に上がり、物干しに出た。この家の東側は通りをはさんで旗本平井嘉右衛門の屋敷の塀が続いている。

物干しからその屋敷の表門が見える。塀の内側には樹木が並んで立っている。しばらく屋敷に目をやってから、久五郎は部屋に引き返した。


翌日の朝、久五郎はすぐ裏手にある金兵衛《きんべえ》裏店《うらだな》に足を向けた。

棟割長屋だ。周囲は二階建ての長屋に囲まれているので、朝陽は射さない。

昼でも薄暗い路地にひと影はない。与助の住まいの隣は大道易者《だいどうえきしゃ》が住んでいる。

立て付けの悪い戸を引き、中に入る。

与助が身の回りの片づけをしていた。

「話はついたのかえ」

「ええ。ゆうべ、溜まっていた家賃をきれいに払い、出て行くって言ってやりました。これから、あのごうつく家主と付き合わずに済むと思うと、せいせいしますよ」

与助は声をひそめて言う。

「じゃあ、あとは頼んだ」

そう言い、久五郎は金兵衛裏店をあとにした。

それから、久五郎は、浜町堀を越えて、東堀留川《ひがしほりどめ》沿いにある堀江町《ほりえちょう》一丁目の裏長屋にやって来た。

だいぶ太陽は上っていた。長屋の路地では子どもたちが遊び回っている。女房たちが洗濯物を干している。

久五郎は音吉の住まいの腰高障子を開けた。

「音吉さん、いるかえ」

久五郎は声をかけた。

「どうぞ」

音吉の目に鈍い光が蘇《よみがえ》っている。体からも生気が漲《みなぎ》っている。やはり、あのひと言が効いたようだ。

久五郎は上がり框《がまち》に腰を下ろし、腰から煙草入れを取り出した。音吉が煙草盆を目の前に置いた。

「向こうはきょうにでも空く」

久五郎は刻《きざ》みを詰め、火を付けた。

「じゃあ、家主を訪ねてみます。あっしのほうはいつでも引っ越しが出来ますから」

「隣に、大道易者が住んでいる。この易者とは仲良くなっておいたほうがいい」

久五郎は煙を吐いてから言った。

「わかりました」

音吉は力のこもった声で答えた。

「これから、深川に行くのかね」

「ええ。でも、泣きに行くんじゃありません。あっしのやることを見守ってくれるように頼みに行くんです」

音吉は目をぎらつかせた。

久五郎は大伝馬町《おおてんまちょう》から本銀町《ほんしろがねちょう》を突っ切って、鎌倉町《かまくらまち》に向かった。

いよいよだ。知らず知らずのうちに、力が入る。

酒屋の『伊吹屋《いぶきや》』は店を閉めていた。久五郎は裏にまわり、勝手口から中に入った。

「左兵衛《さへえ》さん、お邪魔しますよ」

久五郎は声をかけ、黙って板敷きの間に上がった。

そのまま奥に向かう。屋内は薄暗い。

左兵衛は仏間にいた。

「また、ここでしたか」

久五郎はいたわるような声で言う。

「悲しみが癒えることはありませんよ」

左兵衛は怒りを含んだ声で言う。

「わかります。よく、わかります」

自分も娘を失っているので、久五郎は痛いほど左兵衛の気持ちがわかる。久五郎も仏前に手を合わせた。左兵衛の場合は悲惨《ひさん》だった。自分の目の前で、息子が理不尽にも斬り殺されたのである。

いくら侍だといっても、簡単に無礼打ちが許されるものではない。だが、死人に口無しで、平井大二郎はあることないことを言い立て、左兵衛の息子に非があるよう仕向けた。大二郎のほかにふたりの侍が口裏を合わせたので、大二郎の言い分がそのまま通ったのだ。

もちろん、その場に居合わせた左兵衛の訴えなど取り上げられなかった。

「倅《せがれ》は、江戸一番の酒屋にするのだと張り切っていましたよ。やりたいことがたくさんあったんです。これからだというときに……」

左兵衛は涙ぐんだ。だが、以前のように泣き崩れることはなかった。

「親孝行な子でした。三年前に家内が流行《はや》り病で死んでから、私にずいぶんやさしくなりましてね」

「いい息子さんだったんですね」

「嫁ももらうことになっていたんです」

「人生で、一番いい時期だったのに」

久五郎も息子の死を悼《いた》んだ。

「でも、家内が先に死んでくれてよかった。家内をこんな目に遭《あ》わせずに済んだんですから」

左兵衛は儚《はかな》く笑い、

「久五郎さん。あなたには感謝していますよ。あなたに声をかけてもらわなかったら、私は倅のあとを追っていた。あの世で、倅に合わす顔がなかった」

と、位牌《いはい》に目を向けて言った。

「もうしばらくの辛抱《しんぼう》です」

「ええ、必ず」

左兵衛は力強く言った。

「音吉さんが、金兵衛裏店に移ることになりました」

久五郎は伝えた。

「そうですか。音吉さんが引っ越したら、挨拶に伺いましょう」

すでに、左兵衛も金兵衛裏店に部屋を借りていた。まだ、そこに泊まり込んではないが、いつでもそこに行ける状態にあった。

左兵衛は息子が亡くなってからめっきり老け込んでいた。はじめて久五郎が訪ねたとき、まるで六十近い年寄に思えた。

だが、音吉と同じだった。あのことを打ち明けると、顔つきが変わった。失った力が蘇って来たのだ。

「音吉さんのように若いひとがもうひとり欲しいのだが」

久五郎は口惜しそうに言う。

「柳原の職人はだめですか」

柳原の土手で夜鷹とともに殺された大工の春吉という男のことだ。

「春吉には身寄りがいないんですよ。春吉が殺されたことを恨みに思う者はひとりもいません」

久五郎は無念そうに言う。

「まあ、なんとかなるでしょう」

久五郎は自分自身に言い聞かせるように言った。

「それに、頼りは村田《むらた》さんですから」

浪人の村田十平太《じっぺいた》である。以前は、小野《おの》派一刀《いっとう》流の丸岡鉄斎《まるおかてっさい》の道場で、師範代を務めた男である。

「まだ、お会いしていませんが、村田さんにもよろしくお伝えください」

「わかりました。それじゃ、私はこれで」

「そうですか」

「いや、そのままで。見送りは結構です。息子さんの傍にいてあげてください」

立ち上がろうとした左兵衛を押し止《とど》め、久五郎は左兵衛の家をあとにした。

家を離れたとき、久五郎は二十代半ば過ぎと思える男とすれ違った。色白で目鼻だちの整った男だ。

久五郎は足を止めて振り返った。その男は左兵衛の家の前を素通りして行った。

気のせいだったかと久五郎は自嘲ぎみに笑った。知らず知らずのうちに、用心深くなっていたようだ。

久五郎は無意識のうちに足早になっていた。

五

その夜、剣一郎の屋敷に、約束通りに文七がやって来た。

庭先に立った文七に座敷に上がるように勧めたが、やはり、文七は固辞《こじ》した。頑固なほど、自分の身分を弁《わきま》えているのだ。

剣一郎は濡れ縁に出て、庭先に立った文七から報告を聞いた。

「平井家の中間《ちゅうげん》に鼻薬を利かせて聞き出したところ、奉公人も大二郎を怖がっているようです」

「奉公人も？」

「はい。ともかく、かっとなると、何をしでかすかわからないと言っていました。じつは、ひと月半ほど前、大二郎は中間を手討《てう》ちにしたそうです」

「手討ちだと？」

「はい。死因は病死としてうまく処理されたそうです」

いったい、中間にどんな落ち度があったのか。

「それればかりではありません。お聞き及びではございませぬか。ひと月前のことを」

「いや。なんだ？」

「はい。ひと月ほど前、些細《ささい》なことから怒り、鎌倉町の『伊吹屋』という酒屋の二十二歳の息子を無礼打ちにしたんです」

「なに、今度は町人を無礼打ちだと」

いくら侍でも、そう簡単に無礼打ちが許されるものではない。

「酒屋の息子が、平井大二郎に無礼な振る舞いをしたということです。でも、そのとき、傍にいた者も、息子はそんなことはしていないと抗議したそうです。でも、大二郎の父親の嘉右衛門も乗り出し、一方的に酒屋の息子の非礼を訴えたそうです」

「斬られ損か。で、その酒屋はどうなった？」

「父親はすっかり参ってしまって、今も店を閉めたままだそうです。なにしろ、息子に嫁が来ることになっていたらしく、その楽しみを一遍に奪われ、生きる気力をなくしてしまったようです」

「なんということだ」

中間への手討ちに引き続いて町人への無礼打ち。ひと月半ほど前から、ひと月の間に、ふたりもひとを斬り殺し、そして、今回の源助の件だ。

この短期間に、三人もの人間を殺している。しかし、これら三つの事件と辻斬りでは内容が大きく異なる。先の三つには勝手な理屈とはいえ、大義名分《たいぎめいぶん》がある。だが、辻斬りは犯罪だ。

源助を殺したあとの、あのうっとりとした表情は、ひとを斬った快感に浸っていたのだ。憂いを帯びた顔立ちの裏に秘められた残虐さ。大二郎から受けた不気味さの正体がわかった気がする。

「大二郎の剣の腕のほうはどうだ？」

剣一郎は気を取り直してきいた。

「はい。大二郎は三河町《みかわちょう》にある小野派一刀流の丸岡道場に通っています。丸岡道場は旗本や御家人の子弟が門弟にかなりいるところです。そこでは、皆伝《かいでん》の腕前だとか」

「皆伝の腕前か」

確かに、源助を斬り捨てた技は瞠目《どうもく》すべきものがあった。腕が立つことは間違いなかった。

柳原の土手での斬殺事件の下手人《げしゆにん》も確かな腕の持ち主だった。

辻斬り事件は、その後、何ら進展を見せていない。

辻斬りであれば、また起こる。奉行所でも見廻りをし、警戒をしているが、その後、まだ動きはない。

「文七。大二郎が僅《わず》かな期間内で三人もの人間を殺すに至ったのには何かわけがあるやも知れぬ。引き続き調べてもらいたい」

「はい。畏まりました」

そう答えたあとで、文七が思い出したように言う。

「これはたいしたことではないかもしれませんが、酒屋の『伊吹屋』に様子を見に行ったとき、家から四十過ぎの男が出て来ました。すれ違ったあと、立ち止まって私のほうを見ていました。苦み走った顔だちで、眼光が鋭いことが気になりました。ただ、『伊吹屋』の知り合いだと思いますが」

「四十過ぎの男か。背格好は？」

「背が高く、痩せていました」

その特徴を聞いて、とっさに思い出した男がいる。源助の騒ぎのときだ。平井大二郎を厳しい顔で見ていた。

背が高く痩せていて、ちょっと苦み走った顔つきの男など、ざらにいるかもしれない。

それに、苦み走ったなどというのは、見る者の感じ方による。

だから、同一人物だとは言い切れない。しかし、先日の男は大二郎を見ていた。そして、『伊吹屋』も大二郎と関係している。

単なる偶然か。

「では、私はこれで」

一礼し、去ろうとした文七を呼び止めた。

「待て。軍資金はあるのか」

「はい。ございます。十分にいただいております」

「そうか、わかった」

文七が暗がりに消えて行った。

しばらくそこに佇《たたず》んでいると、多恵がやって来た。

「文七さんは、もうお帰りになったのですか」

「ああ、さっき帰った」

「そうでございましたか」

いつまでも剣一郎がここにいるので、まだ文七と話し合っていると思ったようだ。

多恵は剣一郎の横に腰を下ろした。

「気持ちよい風ですこと」

多恵がしみじみ言う。

「文七のこと、礼を言う」

「いえ」

多恵は笑みを浮かべた。

「文七もそろそろ身を固めさせねばならぬな」

「そこまで心配していただいて文七さんも喜ぶと思います。じつは、私もそのことを気にかけておりました」

「うむ。考えておこう」

剣一郎が夜空を見上げたとき、ちょうど雲の切れ間から月が顔を出した。

「剣之助が帰って来るのですね」

多恵が珍しくしんみりと呟いた。多恵は母親の顔になっていた。


二日後。非番の日に、剣一郎は着流しに浪人笠をかぶって、屋敷を出た。

一度雨が降ったが、再び、晴天が続き、風の強い日には土埃《つちぼこり》が舞うようになった。

両国橋を渡った。隅田川に、たくさんの船が出ている。あとひと月ちょっとで、川開きになる。

橋を渡り、横網町にやって来た。横網町に大工『飛辰』の家がある。

あれから、辻斬りの件に進展はない。続けて起こるかもしれないと思ったが、今のところは何事もなかった。

大工『飛辰』は、すぐわかり、棟梁《とうりよう》に会った。

弟子たちは、すでに普請場《ふしんば》に出かけ、棟梁の辰蔵《たつぞう》はこれから出かけるところだった。

「出掛けに足を止めてすまないな」

剣一郎は詫びる。

「いえ、急いで行くこともありませんので」

半纏《はんてん》姿の辰蔵が応じる。

「念のために訊ねるのだが、春吉はひとに恨《うら》みを買うようなことはなかったのだな」

京之進からは、そう聞いていたが、剣一郎は念を入れたのだ。

「はい。あいつは、ばかがつくくらいひとがいいんですよ。ひとに好かれこそすれ、恨みなど買うことはありません」

辰蔵は断言した。

「仕事上で、嫉妬《しつと》を受けていたとか」

「いえ、ありません」

「そうか。わかった。それだけだ」

剣一郎は、そのことを確認しに来たのだ。

春吉は辻斬りに殺《や》られたに違いない。

再び、両国橋を渡り、米沢町を抜けて、平井大二郎の屋敷の前に差しかかった。いつの間にか、背後から小間物屋を装った男が急ぎ足で剣一郎の脇をすり抜けて行った。文七だ。

文七は平井大二郎が出て来るのを待っているようだ。

「さっき、商人が屋敷に入って行きました。出て来たら、声をかけて中の様子をきいてみます」

そう言い、文七は足早に遠ざかった。途中で、引き返して来るのだ。

中間を手なずけているらしいが、出入りの商人からはまた別の何かが摑めるかもしれないのだ。

このひと月半のうちに、大二郎に何らかの変化があったのではないか。そのことを、文七は調べているのだ。

剣一郎はそのまま浜町堀を越え、富沢町に入った。そして、剣一郎は『兵庫屋』に寄った。

笠をとり、番頭に儀兵衛への取り次ぎを頼む。

しばらくして、儀兵衛が出て来た。

「どうだ。少しは落ち着いたか」

剣一郎はきく。

「いえ、日増しに、胸にぽっかりと空いた穴が大きくなっていくようで、娘のいなくなった寂しさが身に堪《こた》えます」

儀兵衛はめっきり老けたようだ。伜に代を譲《ゆず》り、隠居しようと思うと言った。

「その後、音吉はどうした？」

「それが……」

儀兵衛は痛ましげに、

「親方のところを辞めたそうです」

と、言った。

「やめた？　飾り職人だったな」

「はい。いい腕を持っていたのですが……」

「三日前、浜町堀で佇んでいるのを見かけた。元気を取り戻したかのように見えたのだが、違ったのか」

剣一郎は訝《いぶか》しくきいた。

「はい。うちに来たときも、以前より目の力も強くなっていると感じたのですが」

儀兵衛はため息をつき、

「音吉も可哀《かわい》そうな奴です。おそのさえ、あんなことにならなければ……。きっと、たいした職人になったと思います」

「やはり、理由はわからないのだな」

おそのの死んだ理由だ。

「はい、わかりません。前の日までは、あんなに元気だったのに」

儀兵衛は涙ぐんだ。しかし、涸《か》れてしまったのか、涙は出ない。

「音吉の住まいはどこだ？」

「堀江町一丁目です」

「儀兵衛。ちょっと気になったので、寄ってみたのだ。いつまでも悲しんでいても、おそのも浮かばれまい。おそののためにも元気で長生きすることだ」

「はい。ありがとうございます」

儀兵衛は力なく言う。

　剣一郎は堀江町一丁目に向かった。やはり、音吉はまだ悲しみに打ち沈んでいるのかもしれない。親方のところを辞めたというのが気になった。いい腕を持っているなら、仕事に打ち込んで、おそののことを忘れるのだ。剣一郎はそう言って励ましたかった。

　東堀留川沿いに行き、横丁を入る。

　音吉の住む長屋はすぐわかった。木戸を入り、井戸端にいた長屋の女房に、音吉の住まいを訊ねた。

「音吉さんなら、きのう、出て行きました」

「出て行った？」

　剣一郎は痩せた女の顔を見つめ、

「出て行ったというのは、引っ越しをしたということか」

と、確かめた。

「そうです。急に、出ていくことになったって、挨拶に来て」

　女房も不思議そうに言う。

「どこへ行ったか、わかるか」

「いいえ。ただ、世話をしてくれるひとがあるのでって言ってました」

「世話をしてくれるひと？」

「どういうひとかは聞いていません。一度、見かけたことがありますけど、そんな悪いひとではないようでした」

「世話をする者がここにもやって来たのか。男だな」

「はい」

「いくつぐらいの男だ？」

「四十は越えていたように思います。背の高い痩せたひとで、ちょっと苦み走った顔つきをしていました」

「なに、四十過ぎの苦み走った顔の男だと」

またしても、その男が現れた。

「家主の住まいはどこだね」

剣一郎は家主に会った。小肥《こぶと》りの男だ。

「音吉はただ、ここにいるとおそのさんのことを思い出すからと言っていました。おそのさんもここにはよくやって来ていましたから」

「引っ越し先は知らないんだな」

「知りません」

「家財道具はどうした？」

「たいしてものがあったわけじゃありません。幾《いく》つかは道具屋に売り払ったようです。落ち込んだ音吉の姿は可哀そうで見ていられませんでした」

家主はやりきれないように言った。

音吉は引っ越しのことを『兵庫屋』の儀兵衛にも話していなかったようだ。あるいは、改めて挨拶に来る気かもしれない。

ただ、世話をするという男が気になった。

「音吉の世話をした四十過ぎの男のことも知らないか」

「はい。申し訳ありません」

家主はすまなそうに言う。

剣一郎はもう一度、『兵庫屋』に行き、儀兵衛に会った。

やはり、儀兵衛は音吉の引っ越しを知らなかった。引っ越したと言うと、儀兵衛は驚いていた。それに、世話をするという男のことも聞いていないという。

剣一郎は『兵庫屋』を出た。音吉は毎日、おそのの墓参りをしていたという。

浜町河岸から新大橋に出て、隅田川を渡り、仙台堀沿いにある深川正覚寺に向かった。

正覚寺の山門を入り、墓地に行った。しかし、ひと影はない。もちろん、音吉がやって来た気配もない。

しばらく、おその墓の前に立っていたが、音吉がやって来る気配はない。もっと遅い時間に来るのかもしれないと思い、剣一郎は墓地を離れ、山門を出た。

山門に花屋と並んで茶店があった。

剣一郎はそこの縁台に深編笠《ふかあみがさ》をかぶったまま、山門に目を向けて腰をおろした。

やって来た婆さんに甘酒を頼む。

甘酒を時間をかけて呑んだが、音吉は現れない。

「どなたかをお待ちですか」

婆さんが声をかけた。

「うむ。最近、許嫁に死なれ、毎日墓参りに来ている男だ。きょうも来ると思っているのだが」

「ひょっとして、音吉さんというひとじゃありませんか」

「知っているのか」

剣一郎は目を見張って婆さんの顔を見た。

「毎日、山門を潜って行くので、私も覚えてしまいました。この前、そう、雨の日でした。音吉さんらしき若い男のひとがびしょ濡れでお連れさんとここにやって来ましたんです」

「連れ？」

剣一郎は婆さんの顔を見た。

「四十過ぎの落ち着いた感じのひとでした」

「苦み走った顔つきか」

「そうです」

長屋に訪ねて来た男と同一人物のようだ。

「久五郎さんと仰るみたいですね」

「久五郎？」

「はい。ちらっと聞こえました」

どうやら、この婆さんはふたりの会話に聞き耳を立てていたようだ。音吉の名前も、そのとき耳にしたのだろう。

「そう言えば、あれから来ませんね」

「墓参りに来ないのか」

「はい。もう見かけません。ですから、音吉ってひとを待っているなら、無駄ですよ」

音吉が引っ越したのも、墓参りに来なくなったのも、久五郎という男の影響に違いない。音吉は立ち直ろうとしているようだ。

しかし、そうだとしたら、久五郎はどんな言葉を、音吉に投げかけたのか。

「婆さん。いろいろ参考になった。お代はここに置く」

剣一郎は立ち上がった。

仙台堀に沿って隅田川に向かう。久五郎という男は何者なのか。

新大橋を渡り、浜町の武家屋敷町を抜けて、浜町堀を過ぎ、大伝馬町から鎌倉町にやって来た。

酒屋の『伊吹屋』は戸が閉まっていた。剣一郎は自身番に寄り、月番で詰めている家主に、『伊吹屋』のことを訊ねた。

「『伊吹屋』は商売をやめたのか」

「はい」

恰幅《かっぷく》のよい家主は、目に同情の色を浮かべ、

「伜さんがあんなことになって、左兵衛さんはすっかり生きる気力を失ってしまった

ようです」

と、しんみりと言った。

「伜が生き甲斐《がい》だったのだろうな」

ふと剣一郎は剣之助のことを思い出した。

先日、もうこちらに心配はない、いつでも戻って来るように、と書いた文を送った。剣之助に会えずにいても、達者でいるから安心していられるのであり、死なれてしまったら、剣一郎とて気力を保っていけるか自信はない。

「一時は、左兵衛さんも一日中仏壇の前に向かいっ放しでしたが、最近では外に出かける姿も見受けられます」

「立ち直りつつあるのか」

「だと思います」

「そうか。わかった。それから、左兵衛のところには客はあるか」

「ときたま、伜さんの知り合いがお線香を上げたいと訪ねて来ましたが、最近ではどうでしょうか」

「四十過ぎの落ち着いた感じの男を知らないか。久五郎という名だが」

「久五郎さんですか。いいえ」

家主は首を横に振った。

その他、幾つか訊ねたが、さしたる内容ではなく、礼を言って、剣一郎は自身番をあとにした。

剣一郎は『伊吹屋』に戻った。

表戸が閉まっているので、横手にある家人用の出入り口の前に立った。

「ごめん。誰かおらぬか」

格子戸を開け、剣一郎は奥に向かって呼びかけた。

薄暗い奥から、男がぬっと出て来た。

「どなたで」

男がくぐもった声できいた。

「八丁堀与力の青柳剣一郎と申す。左兵衛だな。ちょっと、よいか」

「どうぞ」

一瞬の間を置いてから、左兵衛が言った。

剣一郎は客間に通された。家人は他に誰もいないようだった。

「女中にも、暇を出しましたので、何のお構いも出来ませぬ」

茶ひとつ出せない詫びを言ったが、その目には警戒の色が浮かんでいた。

「息子は旗本の子息、平井大二郎に斬り殺されたそうだな」

剣一郎はきいた。

「はい。まるで言いがかりのようにして、いきなり斬りつけたのでございます。何の落ち度もないのに、伜は殺され損」

言葉はきついが、思いの外、左兵衛は淡々《たんたん》としているように思えた。

「直参などと威張っておりますが、私どもにしたら、ただのごろつきにございます。いっしょにいた侍も、死人に口無しで伜が一方的に悪いと……」

左兵衛は深くため息をついた。

「でも、仕方ありませぬ。我らのような者は常に泣き寝入りをしなければなりません。じっと、耐えていくしかないのです」

「店を閉めたのか」

「はい。私ひとりになれば、商売を続けて行く意味がありませんから。伜が生きていれば、嫁もやって来て、そのうちに孫も……」

左兵衛は言葉を詰まらせた。

「これから、どうするのだ?」

その瞬間、左兵衛の目が鈍く光った。

「老い先短い身。ただ、静かにお迎えを待つだけです」

目の光の鋭さとは別に、静かな言い方だった。

「そんな気弱なことでどうする。伜のために長生きしようとは思わぬのか。そなたが死んだら、誰が伜の供養をするのか」

「私だっていつか歳をとり、死んで行くのです。そしたら、終わりですから」

左兵衛は儚《はかな》く笑った。

「久五郎という男を知っているか」

左兵衛は顔色を変えて、

「知りません」

と、あわてて言った。

「四十過ぎの背の高い男だ」

「知りません。ほんとうに知りません」

その言い方が不自然に思えた。左兵衛は久五郎を知っているのではないか。しかし、なぜ、隠す必要があるのか。

そもそも、久五郎とは何者なのだ。

音吉の前にも、左兵衛の前にも現れたのだとしたら、その目的は何か。

久五郎の名を出してから、急に左兵衛の口が重くなったようだ。これ以上、訊ねても無駄と諦めて、剣一郎は辞去することにした。


その夜、屋敷に文七がやって来た。

濡れ縁に腰を下ろし、剣一郎は文七の話を聞いた。

「平井大二郎の屋敷から出て来た商人に声をかけたところ、あの者は本郷《ほんごう》の刀剣屋の主人でした」

「刀剣屋？」

「はい。大二郎はその店にある加賀《かが》の正宗《まさむね》と謳《うた》われた三代兼若《かねわか》の刀に魅入《みい》られ、その刀を買い求めたようです。ですが、その代金の五十両がまだ支払われていない。それで、代金の支払いを求めて屋敷に出向いたということです」

「その刀を大二郎が手にしたのはいつのことだ？」

「ふた月ほど前だそうです」

「ふた月ほど前か」

中間を手討ちにしたのはひと月半ほど前。それから半月後に、左兵衛の伜を無礼打ちし、そしてひと月たらずあとに源助を斬り捨てた。

剣一郎はまさかと思った。

大二郎は名刀を手に入れた。まさか、と今度は口に出した。いくらなんでも、名刀を手に入れたからといって試し斬りなど……。

だが、中間を斬ったことや無礼打ちなど、ひとを斬りたかったのではないかと思いたくなる行為だ。

さらに、その後の辻斬りの疑い。

「で、代金はまだ支払われていないのか」

「いえ、きょう支払ってもらったそうです。ただし、三十両」

「なに、三十両でも支払ったのか」

「はい。ただ、刀剣屋の主人は残りの二十両は払ってもらえないかもしれないと、諦めていました」

「なぜだ？」

代金を踏み倒すのではないかという危惧《きぐ》を抱いたが、とりあえず三十両だけでも手に入った。残りの二十両とて、刀剣屋が催促すれば払ってもらえるのではないか。

「じつは、平井大二郎はどこかの旗本の婿《むこ》養子になることが決まったそうです。三十両は、屋敷出入りの商人からの祝いの金から出ているようです。そのことを告げたあとで、そのほうも二十両は祝い金として寄越せと、乱暴なことを言っていたそうです」

「婿養子とな」

部屋住みが日の目を見る場所に出るためには、婿に入るか、養子になるしか道はない。

「なんでも、相手は千二百石の旗本とか」

千八百石の平井家には及ばないが、部屋住みの男が千二百石の旗本になるのだ。大二郎にとっては願ってもない話だ。

「来月にも、相手のお屋敷に入るそうです」

「ずいぶん急だな」

「父親のごり押しのようです」

大二郎が辻斬りの犯人かどうかはわからない。だが、名刀を手に入れたことが犯行の動機かもしれない。

それなのに、婿養子に行ってしまったら、ますます大二郎を追及出来なくなってしまう。それまでに、白黒をはっきりさせねばならぬと、剣一郎は思った。だが、証拠を探すことは難《かた》しと言わざるを得ない。

ひょっとして、父親の嘉右衛門は大二郎の所業に気づいて、逃がす目的もあって話を強引に進めたのかもしれない。

「文七。新たにもうひとつ調べてもらいたいことがある」

「はい。なんなりと」

「そなたが『伊吹屋』の前で見かけた四十過ぎの苦み走った顔立ちの男のことだ。その男は久五郎という名らしい。たぶん、この男も、平井大二郎に何らかの関わりがあると思う。大二郎の周辺を調べれば、この久五郎の正体がわかるかもしれない」

「わかりました。屋敷出入りの商人に訊ねれば、すぐわかると思います」

「頼んだ」

文七が庭の暗がりに消えてから、剣一郎は部屋に戻った。

六

翌日、久五郎は本郷三丁目の裏長屋にやって来た。

長屋木戸を入って行くと、赤子を背負った女が洗濯物を干していた。久五郎は軽く会釈をし、一番奥まで行った。

どん詰まりにある住まいの腰高障子を開け、

「村田さま、いらっしゃいますかえ」

と、声をかけた。

「久五郎か」

障子の陰から声がした。

「へい」

久五郎は中に入る。

「まあ、上がれ」

「へえ」

狭い部屋に、久五郎は上がった。

そして、左兵衛や音吉のところに行ったときと同じように、壁際にある小さな仏壇に手を合わせた。村田十平太の妻女の位牌が飾られている。

改めて、村田十平太と差し向かいになった。

「部屋が空きました。明日以降、なるたけお早めにお移りください」

久五郎はやや緊張した声で言った。

「いよいよか」

村田十平太は眼を光らせた。

「そのほうには感謝をしている」

「なにを仰いますか。こちらのほうこそ、村田さまがいてくれるから出来ること」

村田十平太は三河町にある丸岡道場で師範代を務めていた男だ。作州《さくしゅう》浪人ながら、丸岡道場の先代鉄斎に目をかけられ、師範代として、門弟に稽古をつけていた。

国元で何があって浪人になったのか、詳しくは聞いていないが、どうやら妻女のことでひとを斬り、出奔《しゅっぽん》したようだ。

江戸に出てから、村田十平太は運良く、丸岡道場の鉄斎と出会い、道場で働くようになった。

「平井大二郎が、婿養子にいく相手は、千二百石のお旗本です。あのような男を婿に迎え入れることは、そのお旗本にとっても不幸。お嬢さまは気立てがよく、聡明なお方という評判だそうです。父親の嘉右衛門が、不祥事《ふしょうじ》の多い大二郎を逃すために、強引に推し進めた縁組に違いありません」

久五郎は怒りを抑えて言う。

早く仕掛けないと、大二郎があの屋敷からいなくなってしまう。

「丸岡先生には何の恨みもないが、大二郎だけは許すことが出来ぬ。いや、あの父親も同じだ」

「さようでございます。あんな性悪な伜を育て、甘やかしている父親とて同罪でありましょう」

平井大二郎が、町で目をつけた商家の娘を強引に料理屋の離れに連れ込もうとしたことがあった。そこにたまたま通りかかった村田十平太が大二郎をたしなめたのである。

大二郎はそのことを逆恨みし、十平太を罠《わな》にかけた。

道場で、十両がなくなったと騒ぎだし、取り巻きのひとりが十平太が盗むのを見たと訴えたのだ。

その頃、十平太の妻女が病床にあって、医者代やら薬代やらで、十平太は金が必要だった。

ここぞとばかりに、大二郎は道場主で、鉄斎の息子鉄心《てっしん》に十平太のことを悪《あ》しざまに言い放った。あんな師範代では満足な稽古は出来ぬ。やめさせろと、道場主に詰め寄った。

さらに、父親の平井嘉右衛門のほうからも鉄心に圧力がかかった。大二郎だけでなく、他の旗本や御家人の子弟もこぞってやめさせるという脅《おど》しの前に、鉄心は十平太を切り捨てるしかなかった。

道場の離れ座敷を借りていた十平太は、この長屋に引っ越さざるをえなかった。だが、陽当たりの悪いこの長屋は病人の養生には適していなかった。

収入の道が途絶え、十平太は医者代にも薬代にも困ることになった。十平太の妻女は心労からついに不帰のひとになったのだ。

十平太は、妻女を殺したのは平井大二郎だと恨みを持った。

恨みを晴らそうと、十平太は大二郎を付け狙ったこともあったそうだが、常に大二郎には取り巻きの若い侍がいて、近づけなかった。

そんな十平太に久五郎が接触を図ったのだ。

「先日、柳原の土手で夜鷹と客が殺されました。あれも大二郎の仕業に相違ありません」

久五郎は教えた。

「なぜ、そのような者まで?」

「試し斬りでございますよ」

「試し斬りだと?」

「ええ、刀剣屋に行き、確かめて来ましたが、三代兼若の刀が気に入り、買い求めたそうにございます。その刀の試し斬りに、家来の中間をはじめ、何人かを殺したのです。ひとの命をなんとも思っていないのでしょう」

「獣《けもの》だ、あの男は」

十平太は罵《ののし》った。

その後、これからの手筈《てはず》を話し合い、

「それでは、私はこれで」

と、久五郎は立ち上がった。

お互い、目と目で確かめ合い、久五郎は長屋を出た。


久五郎は聖堂の脇を通り、昌平橋を渡った。

そして、鎌倉町へと足を向けた。

『伊吹屋』の裏口から入り、中に呼びかける。すぐに左兵衛の応答があった。

久五郎は座敷に上がった。

今も、左兵衛は仏前にいたようだ。

「明日から、向こうに行ってください」

久五郎は言う。

「よし、わかった」

左兵衛はすぐに答えたが、そのあとで、

「久五郎さん。じつは、青痣与力がやって来た」

と、表情を曇《くも》らせて言った。

「青痣与力？」

「伜が平井大二郎に無礼打ちされたことをききに来たのだが、そのとき、青痣与力はこうきいたのだ。久五郎という男を知っているかと」

「私の名を？」

久五郎の胸の中にさざ波が立ったような不安が押し寄せた。

「なぜ、青痣与力が久五郎さんの名を知っているのだろう」

左兵衛は不思議そうにきいた。

どこで、俺のことを知ったのだ、と久五郎は必死に頭を巡《めぐ》らした。

音吉か……。青痣与力はおその死体発見の現場に立ち会っていた。そのことから、音吉を知っていた。

「私の名前を知っていたからと言って、こっちの計画に支障が出るわけではない。心配しなくていいでしょう」

久五郎は自分自身にも言い聞かせるように言った。

左兵衛との打ち合わせを済ませ、久五郎は音吉の住む横山同朋町の金兵衛裏店に向かった。

同朋町に入ると、旗本平井嘉右衛門の屋敷が見えて来た。

その屋敷を睨み、不敵な笑みを浮かべて、久五郎は屋敷の裏手に向かった。

金兵衛裏店の木戸を入って行くと、総髪の頭の大道易者が出かけるところだった。

目が細く、どこか間延びした顔の易者に、久五郎は軽く会釈をする。

「あっ、音吉さんは出かけているみたいですぞ」

易者が声をかけた。

「そうですか」

この易者は久五郎が音吉のところに出入りしているのを知っているのだ。

易者が木戸を出て行ってから、久五郎は音吉の住まいの戸を開けた。黙って中に入り、音吉の帰りを待った。

一服している間に帰らなければ、また出直しするつもりだった。久五郎の住まいはすぐそこの表長屋の二階家である。

久五郎は勝手に上がり、煙草入れから煙管《きせる》を取り出した。今戸焼の丸い小さな火鉢の灰をかき分ける。まだ赤く燃えている炭を見つけ、火箸《ひばし》でつまんで煙管に火を点《つ》けた。

改めて部屋の中を見回す。枕屛風の内側に夜具が積んであり、簞笥《たんす》などなく、着物は壁にかかっている。隅に小さな手作りの木片の位牌が畳の上にじかに置いてあり、その前に水の入った茶碗があった。

木片の位牌には、おそのの名前が書かれている。

土間に目を転じた。へっついに鍋と釜《かま》があるが、使った形跡はない。飯は外で食べているのだ。

そのへっついの下に、徳利《とっくり》がふたつあった。

音吉の覚悟のようなものを見て、久五郎は満足して煙を吐いた。

ふと、青痣与力のことを思い出した。よく考えれば、音吉が俺の名前を告げるはずがない。では、なぜ、青痣与力は俺の名を……。

煙管を煙草入れに仕舞い、そろそろ引き上げようとしたとき、腰高障子が開いた。

「おう、帰って来たか」

戸口に、壺《つぼ》を抱えた音吉が立った。

「お待たせしましたか」

音吉は壺をへっついの下に置いた。

「いや。それほどでもない。ごくろうだったね」

「へえ。きょうは蔵前のほうまで行って買って来ました」

「それだけあれば十分だろう」

久五郎は言う。

音吉は足を拭いて上がった。

「向かいに、村田十平太という浪人が入る。その隣は左兵衛という年寄だ」

「いよいよですね」

音吉は緊張した声を出した。

「そうだ。いよいよだ」

久五郎も逸《はや》る気持ちを抑えるように大きく吐息をついた。

「ところで、青痣与力がやって来たか」

「青痣与力ですか。いえ」

「現れていないのか」

では、どこで……。そう思ったとき、あっ、と久五郎は思い出した。

それから、幾つか音吉に確認してから、久五郎は長屋をあとにした。

久五郎は横山同朋町を出ると、隅田川に向かい、新大橋を渡った。

そして、仙台堀に沿って、正覚寺に向かった。つい早足になったのは、やはり、青痣与力に名前を知られたことが不安をかきたてているのだ。

緑が眩《まばゆ》い。急いているせ《せ》いか、久五郎は首のまわりに汗をかいていた。急ぎ足に長く歩くと汗ばむ季節である。

正覚寺の前の茶店に入った。先日の婆さんが出て来た。顔を見ても、特に反応がないのは、久五郎の顔を覚えていないからだろう。

腰掛けに座り、甘酒を頼んだ。

甘酒を持って来た婆さんに、久五郎はさりげなくきいた。

「婆さん。私のことを覚えているかね。ほれ、毎日墓参りにやって来ていた若い男といっしょにここで甘酒を呑んだ……」

途中で気がついたらしく、婆さんの顔色が悪くなった。

「覚えているね」

「は、はい」

「そのことで、青痣与力がやって来たね」

「はい」

婆さんは後退《あとずさ》った。

「そんなに怖がらなくてもいい。ただ、確かめたいだけなんだ。婆さんは私たちの話から私たちの名前がわかった。だから、そのことを青痣与力に話したね」

「お許し下さい」

婆さんは小さくなっている。

「なにも責めているわけじゃない。ただ、確かめたいだけなんだから」

やはり、そうだった。青痣与力は音吉のあとを追って来ていたのだ。

久五郎は青痣与力を不気味に思った。

平井大二郎のことで何かを摑み、そして、久五郎のことまで探り出した。甘酒を呑むのも忘れ、久五郎は厳しい目で虚空《こくう》を睨んでいた。

七

その夜、剣一郎の屋敷に文七がやって来た。

「何か、わかったか」

濡れ縁に出て、剣一郎はきいた。文七の調べは早く、的確だった。

「きのうの刀剣屋の主人から、平井家出入りの商人の名を聞き出し、その商人に会って来ました。米沢町にあるその太物屋《ふともの》の主人が言うには、久五郎は本町三丁目にあった小間物屋『日吉屋《ひよしや》』の主人ではないかと」

「やはり、屋敷に出入りをしていたのか」

「はい。それだけでなく、ひとり娘のお咲《さき》が平井嘉右衛門の屋敷に奉公に上がっていたそうです。ところが、そのお咲が屋敷内で病死したとのこと」

「病死だと」

「はい。半年ほど前のことだそうです。屋敷から連絡があって久五郎が駆けつけると、お咲は白い布を顔にかけられていたと言います。医者は心の臓が弱っていたらしいと話していたそうです」

やはり、そういう痛ましい出来事があったのかと、剣一郎はやりきれない思いがした。

「久五郎は病死を信じていないのだな」

「はい。そのようです。その後、久五郎は店を売り払い、どこかへ引っ越して行ったそうです」

久五郎は音吉と左兵衛の前に現れた。左兵衛は息子が理不尽にも平井大二郎に無礼打ちと称して斬り殺された。

しかし、音吉は……。

おそのの自殺には平井大二郎が絡《から》んでいるのではないか。剣一郎はそう思った。


翌日、剣一郎は富沢町の足袋屋『兵庫屋』に出向いた。

奥の部屋で、剣一郎は儀兵衛と差し向かいになった。

「つかぬことを訊ねるが、平井大二郎という侍を知っているか。旗本の平井嘉右衛門の次男だ」

「はい。存じあげております。この店にも何度か顔を出されたことがありますので」

「大二郎はおそののことを知っていたか」

「はい。知っていたはずですが」

儀兵衛の顔が強張った。

「青柳さま。平井大二郎さまが何か……」

「いや。ただ、きいてみただけだ」

憶測《おくそく》に過ぎず、はっきり言うわけにはいかなかった。

剣一郎はさらに続けた。

「源助の騒ぎがあった夜のことだが、『兵庫屋』も避難をしたのか」

「はい。手代の報告では、よその店も避難をはじめているというので、店の品物を土蔵に運び入れたり、てんてこ舞いをしておりました」

「その間、おそのはどうしていた？」

「おそのですか」

儀兵衛は思い出そうとした。

そのとき、廊下から声がかかった。

「おとっつあん。あのとき、おそのは部屋にいませんでしたよ」

おそのの兄だった。おそのの兄は部屋に入って来た。

「青柳さま。あの避難騒ぎの途中、気になって、おそのの部屋に行ってみたのです。おそのはおりませんでした。どこかで、手伝いをしているのかと思い、忙しさに紛れて、それ以上は探しませんでした。まさか、そのとき、おそのの身に何か」

「いや。わからない」

剣一郎は曖昧《あいまい》に言い、

「で、おそのを見たのはいつだ？」

と、さらにきいた。

「はい。騒ぎが収まったあとです」

儀兵衛が青ざめた顔で言った。

「土蔵に仕舞ったものを、また取り出し終えたあと、おそのの部屋に行くと、もうおそのはふとんに入っておりました」

「その騒ぎのとき、音吉はいなかったのだな」

「はい。堀江町に住む音吉はこっちの騒ぎに気づかなかったようです。気づいていれば、かけつけたはずですので」

「青柳さま」

おそのの兄が訴えるような目で、

「おそのが死んだ理由を知ったからといって、おそのが生き返るわけではありませんが、でも、理由が知りたいのです。気持ちの整理をつけるためにも」

「こいつの言うとおりです。どうか、調べてやってください。たとえ、どんな理由であったとしても、知らないよりはいいですから」

儀兵衛も頭を下げた。

「うむ。何かわかったら、必ず教えよう」

「よろしくお願いいたします」

ふたりの懇願《こんがん》を聞きながら、剣一郎は平井大二郎に疑いの目を向けていた。

剣一郎は富沢町を出てから本町三丁目に向かった。

小間物屋の『日吉屋』はもうない。そのあとは別の店になっている。

近所の者から事情を聞いたが、文七が調べた以上の話はなかった。やはり、久五郎はどこかに引っ越したのか。誰も知らなかった。

久五郎は背が高く、がっしりした体格だったという。しかし、今の久五郎は痩せている。お咲を失った悲しみが久五郎を変えたのかもしれない。

久五郎の行方の手掛かりが摑めないまま引き上げようとしたとき、たまたまそこを通り掛かった羅宇《らう》屋の男が立ち止まった。

「旦那。ここにいた『日吉屋』の旦那を探しているんですかえ」

「知っているのか」

羅宇屋はヤニの詰まった煙管の掃除や、羅宇という竹の管のすげ替えをする行商人だ。あちこち歩いている。

「へえ。横山同朋町で見かけました。確か、二階建ての長屋に住んでいるようでした」

「横山同朋町だと」

旗本平井嘉右衛門の屋敷があるところだ。

久五郎は音吉に近づき、左兵衛にも接触している。何かある。剣一郎は不穏な空気を感じないわけにはいかなかった。

第四章　炎上

一

その日、久五郎は小石川片町《こいしかわかたまち》にある大善寺《だいぜんじ》の山門をくぐった。

花屋で花と線香を買い、桶《おけ》を持って墓地に入って行く。木漏《こも》れ陽が射して久五郎の家の先祖代々の墓が輝いているようだった。

久五郎は花を供え、線香を上げた。ここには久五郎のふた親も妻女も眠っている。

「お咲。おまえの仇《かたき》を討つときが来た」

久五郎は手を合わせて、改めて誓った。

今でも、お咲を失った悲しみは癒えない。お咲に行儀見習いのためにお屋敷奉公をさせようと思っていたとき、出入りをしている旗本平井嘉右衛門から、女中を探しているところだ、ぜひ、奉公に来てもらいたいと頼まれた。

ほんとうは、どこかの大名屋敷にでもと思っていたのだが、商売のこともあるので断りきれなかった。

渋《しぶ》るお咲をなんとかなだめ、奉公にやったのだ。

お咲はまだ十七歳だった。妻が流行《はや》り病で亡くなったのは、お咲が三歳のときだった。それ以来、久五郎は男手ひとつでお咲を育てて来た。

十歳を過ぎた頃からお咲は家のことをなんでも手伝ってくれるようになり、やさしい娘に成長した。

お咲は久五郎の自慢の娘だった。武家屋敷に奉公し、行儀見習いをさせたら、どこに出しても恥ずかしくない娘になる。そう思ったのだ。

お咲が家を出て行くのは寂しいが、お咲のためだと、久五郎は我慢をしたのだ。

だが、奉公して半年後、突然の悲報がお屋敷から届いた。

久五郎が平井嘉右衛門の屋敷に駆けつけたとき、お咲は離れの部屋で白い布を顔にかぶせられて横たわっていた。

白い布の下の顔は青白く、唇《くちびる》は紫色になっていた。久五郎は変わり果てたお咲の姿に目を疑った。お咲の冷たい手を握り、慟哭《どうこく》した。

傍《かたわ》らにいた医者は、風邪《かぜ》をこじらせたのだと言った。

お咲は子どもの頃から元気な娘だった。風邪ひとつ引いたことがない。そんなお咲が風邪をこじらせたなど、信じられなかった。

久五郎がなにげなくお咲の腕を見たとき、どす黒い細い痣《あざ》が見えた。その痣に縄目のあとがあった。

医者にきくと、そういう体質だったのでしょうと言うだけで、久五郎の問いかけから逃げた。

嘉右衛門にも訊ねた。病死の一点張りだった。久五郎は不審を抱いた。

お咲は病死ではない。他の事情で死んだのではないかという疑いを持ち、久五郎は中間《ちゅうげん》などに金をつかわして聞き回った。そして、ある事実がわかったのだ。

冬の真夜中に、お咲は縛られて、庭の樹に一晩括《くく》りつけられていたという。久五郎は平井家の用人に問いただした。

ある不始末をしたから折檻《せっかん》のためにしたと、やっと打ち明けた。だが、その不始末がどのようなものか、言おうとはしなかった。

だが、下女がこんなことを話してくれた。亡くなる前の夜、お咲さんの悲鳴が聞こえた。急いで駆けつけると、大二郎さまがお咲さんを手込めにしようとしていたと教えてくれたのだ。

平井大二郎の言うことを聞かなかったために、お咲はあのような仕打ちを受けたのだ。嘉右衛門も、そのことを知っていながら、伜《せがれ》をかばっている。

久五郎は知り合いの与力に訴えたが、相手が旗本では腰が引けていた。いちおう、調べてくれたようだが、結果は同じだった。

いくら久五郎が訴えても聞き入れてもらえず、お咲の死は病死とされた。

武士が町人に理不尽な振る舞いに及ぼうと、裁きをするのは武士だ。結局、町人が泣き寝入りをするしかない。

そのことを、久五郎は思い知らされた。

いい加減なことを言いふらす不埒《ふらち》な奴ということで、屋敷への出入りも止められ、それに付随《ふずい》して、他の旗本屋敷からも出入り差し止めになった。もちろん、嘉右衛門がそうさせたのだ。

久五郎に日増しにお咲を失った悲しみが深まり、と同時に平井大二郎に対する怒りも膨らんでいった。

久五郎は家と店を売り払い、横山同朋町の二階建ての長屋に移った。そこの物干しから、平井家の屋敷が見えるからだ。

その物干しから平井家を見張りながら、かつ大二郎のことを聞き回った。すると、悪い噂ばかりが入って来た。父親の嘉右衛門も兄という男も、皆同じような人間たちだった。

そんなとき、大二郎が屋敷の中間を手討ちにするという事件を起こした。それからしばらくして、今度は左兵衛の伜を無礼打ちにしたのだ。刀剣屋から、加賀の三代兼若の刀を手に入れた大二郎は、無礼打ちに名を借りて試し斬りをしたものと思われる。中間を手討ちにしたのも同じ理由だ。

その後も、久五郎は大二郎のあとをつけ、悪事の証拠を摑《つか》もうとした。あの日も、屋敷を見張り、昼過ぎに出て来た大二郎のあとをつけた。

風の強い日だった。夜になり、神田明神下の料理屋でさんざん呑み食いしての帰り、浜町付近でたいへんな騒ぎが起こっていた。

源助という男が橘町一丁目の二階建て長屋に立て籠もり、火を付けると言って騒いでいた。付近の住人が避難をはじめる騒ぎになった。

何を思ったのか、大二郎は富沢町に足を向けた。そして、『兵庫屋』の前に立った。『兵庫屋』も避難騒ぎに巻き込まれ、店の中も外もごった返していた。

大二郎と連れの武士は裏口から勝手に『兵庫屋』にもぐり込んだ。家人や店の者は、避難の支度に追われて、誰ひとりとして気づかなかった。

やがて、大二郎が出て来て、外の様子を窺《うかが》った。その後ろからふたりの男が女を抱えて出て来た。

そして、すでに避難して誰もいなくなった家に女を担《かつ》ぎ込んだのだ。立て籠もりの騒ぎはますます大きくなっていた。

ふたりの男がすぐに出て来て、その家の前に立った。見張りだ。久五郎は助けに行くことは出来なかった。

およそ四半刻（三十分）後に、大二郎がにやついた顔で出て来た。中で何があったのか、考えるまでもなかった。

おそのが手込めにされたのだ。二日後、おそのは誰にも事情を告げずに死を選んだ。ふた親の悲嘆以上に、許嫁《いいなずけ》の音吉の憔悴《しょうすい》は激しかった。

毎日、おそのの墓前で泣いていた。

仲間に引き入れようと、久五郎は墓前に額ずく音吉に声をかけた。そして、おそのの死の真相を告げたのだ。

平井大二郎は鬼畜《きちく》にも劣《おと》る人間だ。生かしておいては、これからも犠牲者が出る。現に、大二郎を婿に迎え入れる旗本の娘もいる。

女を手込めにし、お気に入りの刀を持てば、試し斬りを平然と行なう。あの騒ぎを起こした源助を斬ったのも、刀の試し斬りをしたかったのだ。

あの夜、おそのを手込めにしたあと、大二郎は立て籠もりの現場に行った。そして、隙を窺って、隣家から屋根づたいに部屋に乗りこみ、源助を斬り捨てた。

それだけではない。その後も、柳原の土手で夜鷹と客を斬っている。

ただ、ひとを斬りたかった。それだけの理由なのだ。

大二郎に恨みを晴らす。久五郎、左兵衛、音吉、そして、村田十平太の四人で目的を果たすのだ。

「お咲。もうすぐだ。おまえの無念をきっと晴らしてやる」

久五郎はもう一度、草葉の陰にいるお咲に声をかけた。

陽が陰って来た。久五郎は墓の前から離れた。

左兵衛の話でも、青痣与力こと青柳剣一郎が久五郎に不審を抱いていることがわかる。いずれ、目の前に現れるだろう。

だが、こっちがやろうとしていることに気づくはずはない。青痣与力であろうと、なにも恐れることはない。

小石川片町の寺を出てから、本郷通りに出て、聖堂脇の昌平坂を下り、昌平橋を渡った。すでに、他の三人も横山同朋町の裏長屋に引っ越した。

そこに向かいかけたとき、家の前に誰かが立っているのに気づいた。浪人笠をかぶった着流しの侍だ。

久五郎が近づくと、相手は笠を外した。

久五郎は胸が騒いだ。落ち着け、落ち着くのだと、必死に自分に言い聞かせる。侍の左頬《ほお》に青痣があった。

二

笠をとり、剣一郎は男が近づいて来るのを待った。四十過ぎ。背が高く痩せた男だ。警戒したのか、緊張した顔をしている。

男は剣一郎の前で立ち止まった。

「久五郎か」

剣一郎は声をかけた。

「はい。久五郎にございます」

久五郎は落ち着いた声で言う。

「少しききたいことがあるのだが、いいか」

「それでは、家の中にお入りください」

久五郎は裏口にまわり、しばらくしてから表戸を開けた。

剣一郎は家の中に入った。

「どうぞ、お上がりください」

「いや。ここでいい」

剣一郎は上がり框《がまち》に腰を下ろした。久五郎もその場に座った。

「そなたは本町三丁目で小間物商をやってたと聞いたが、間違いはないか」

剣一郎は切り出した。

「はい。そのとおりでございます」

「なぜ、商売を辞めてここに引っ越して来たのだ?」

「じつはひとり娘を亡くし、商売を続ける気力を失ってしまったのでございます。妻を早くに亡くし、男手ひとつで育て上げた娘だけに、いなくなったあとは毎日泣いて暮らすありさまでしたから」

「娘はどうして死んだのだ?」

剣一郎は鋭い目を久五郎に向ける。

「風邪をこじらせました。病死です」

久五郎は淡々《たんたん》と答える。

「旗本平井嘉右衛門の屋敷に奉公に上がっていたそうだが」

「はい」

「奉公先で何かあったのではないのか」

「いえ、お医者さんも病死だと言っていましたから、それを信じるしかありません」

久五郎はあくまでも病死と信じているような口ぶりだ。だが、違う。剣一郎は久五郎の目を見つめて言う。

「旗本平井嘉右衛門の屋敷には部屋住みの大二郎という息子がいる。この大二郎はあちこちで問題を起こしているようだ。それでも、疑いを持たなかったのか」

「疑いなど、とんでもないことです」

久五郎は否定する。

「飾り職人の音吉という男を知っているか」

「はい。知っております」

「どういう関係だ？」

「『兵庫屋』さんの娘のおそのさんの許嫁だと聞いていました。おそのさんがあんなことになったので、さぞ気落ちしているだろうと思うと、他人事《ひとごと》ではなくなり、なんとか力になってあげたいと、おそのさんのお墓にお参りしていた音吉さんに声をかけたという次第です」

　久五郎は動じることがない。

「そなたは、おそのがなぜ自ら死を選んだのか、何か思い当たることがあるのではないか」

「いえ、ありません」

「源助の立て籠もり騒ぎがあった夜、『兵庫屋』は商品を土蔵に仕舞う作業に追われていた。そんな中、おそのが自分の部屋から姿を消していた。そなたは、おそのがどこに行ったのか、見ていたのではないか」

「とんでもない」

「そのとき、そなたは平井大二郎のあとをつけていたのではなかったのか」

「私はそんなことはしません」

　否定しながらも、その表情から本音が出る。そう思いながら、剣一郎は質問を続けた。

「左兵衛のところも訪ねているな」

「はい。左兵衛さんも、跡取りを失い、生きる気力を失っていました。私とまったく同じ境遇なので、やはり他人事とは思えなかったのです」

久五郎は平然と答える。

「左兵衛の息子は、平井大二郎の無礼打ちに遭ったそうだな」

「はい」

「左兵衛は、無礼打ちには抗議をしていたようだが」

「でも、それを呑むしかありませんから、左兵衛さんも今は納得していると思います」

「そなたの娘の一件も左兵衛の伜の一件も、平井大二郎が絡んでいるようだが？」

「そうでしょうか。でも、偶然では」

「おそのはどうなのだ？　おそのも平井大二郎と何か関わりがあったのと違うのか」

「さあ、それはないと思いますが」

「なぜ、そう言える？」

「『兵庫屋』さんは平井さまのお屋敷とは縁がございません。それに、おそのさんは浜町堀に自らの意志で身を投げたのですから」

「源助が立て籠もった日、そなたは現場にいたな。そして、平井大二郎が源助を斬るのを見ていたな？」

「はい。そのとおりでございます」

「もう一度、訊ねるが、あの日、そなたは平井大二郎のあとをつけていたのではないか」

「とんでもない。なぜ、私がそのような真似をしなければならないのでしょうか」

「復讐だ」

剣一郎は鋭く言う。

「ご冗談を」

久五郎は笑った。

「そうか」

少し考えてから、

「そなたが、この家に移り住んだのはなぜだね」

と、剣一郎はきいた。

「とくに理由はございません」

「平井の屋敷の傍だからではないのか」

「いえ、私はもう、平井さまとは縁はありません」

剣一郎はそれ以上、追及する材料を持ち合わせていなかった。

「青柳さま」

逆に、久五郎がきいた。

「いったい、どのようなお調べでございましょうか」

「平井大二郎に絡んで不幸になった者たちを、そなたが集めているような印象を受けたのだ」

「仰《おつしや》るように、そのような面はあったかもしれません。同じ境遇の者同士が手を携《たずさ》えていけば、お互いに励まし合い、生きる力が湧《わ》いてくる。そういう狙いがあったのは間違いございません。事実、私も、おかげでだいぶ立ち直ってきたと思っております」

確かに、久五郎には生気が漲《みなぎ》っているように思えた。それが、互いに励まし合っているところからきたものか、あるいは別の目的があるせいか。

かりに、久五郎らが平井大二郎に復讐をしようとしても、この三人で何が出来るだろうか。復讐が成功する可能性は少ない。いや、ほとんどないといっていい。

そう考えたとき、剣一郎は自分の考え過ぎかもしれないと思った。

「では、音吉も左兵衛も少しは元気を取り戻してきたのか」

「はい。少なくとも墓の前で、あるいは位牌《いはい》を見つめて泣いている日々からは抜け出たようでございます」

久五郎は自信に満ちた態度だった。

「どうやら、私の考え過ぎだったようだ」

剣一郎は立ち上がった。

「かえって、ご心配いただいて恐縮にございます」

久五郎は頭を下げた。

剣一郎は久五郎の家を出た。目の前には、平井嘉右衛門の屋敷があり、門が見える。

久五郎がここに家を求めたのは、平井家の屋敷があるからに違いない。では、その目的は何か。

恨みを晴らそうとしているのではないか。どうしても、その懸念《けねん》は消えない。だが、久五郎にどれほどのことが出来ようか。

やはり、復讐というのは考え過ぎなのだろうか。

剣一郎の考えは堂々巡りになっていた。

剣一郎はそこからほど近い橘町一丁目の、お町と安次郎が住んでいるお常の家に向かった。さすがにふたりはすぐに浅草に引っ越すのに抵抗があったようで、弥右衛門の指示もあって時間を置くことにしていた。

お常が店番をしていた。

「お常。邪魔をする」

「青柳さま。ふたりはおりますよ。どうぞ、お上がりください」

お常が上がるように勧めた。だが、剣一郎は遠慮して、

「様子を見に来ただけだ。ちょっとここに呼んでもらいたい」

と、頼んだ。

はいと立ち上がり、お常は梯子段《はしごだん》の下から二階に向かって声をかけた。

すぐに梯子段を駆け下りて来る足音がし、お町が顔を出した。

「青柳さま。その節はありがとうございました」

顔色もよくなり、お町は元気そうだった。

「どうだ、その後は？」

剣一郎は安堵してきいた。

「はい。明日、浅草に移ることになりました」

「なに、明日いよいよか。ふたりで頑張ることだ」

「はい。青柳さまには何とお礼を申してよいかわかりません」

「なあに、私は何もしちゃいないよ。そのうち、浅草の店に寄せてもらう」

「はい。お待ちしております」

お町のうれしそうな顔に別れを告げ、剣一郎が次に向かったのは、富沢町だった。

『兵庫屋』を訪ねると、出かけるところだったらしく、儀兵衛は羽織を着ていた。

「これは青柳さま」

「出かけるところのようだな」

「いえ、まだ出かけるには早い時間です。少しぐらいならだいじょうぶでございます」

儀兵衛は剣一郎を歓迎するように言った。

「さして時間はとらせない」

「どうぞ、こちらへ」

儀兵衛は上がるように言い、剣一郎を客間に通した。

差し向かいになってから、

「本町三丁目で小間物屋をやっていた久五郎という男を知っているか」

と、剣一郎はきいた。

「久五郎さんですか。それまで付き合いはありませんでしたが、一度、おそののためにお線香を上げに来ていただきました。久五郎さんが何か」

儀兵衛は訝《いぶか》しげにきく。

「久五郎の娘のことは知っているか」

「病死したそうでございますね。そのため、商売もやめたと」

「そうだ」

「久五郎さんは男手ひとつで育て上げたひとり娘を失ったのですから、もう商売を続けていく気力もなくしてしまったのでしょう。よくわかります。私には家内や伜がおりますが、もし、久五郎さんと同じ父娘だけだとしたら、生きる気力を失っていたでしょう」

儀兵衛はしんみりと話した。

「久五郎はおそのの自殺の原因について何か触れなかったか」

「いえ」

儀兵衛は驚いたように、

「久五郎さんは何か知っているのでございますか」

「いや、そうではない」

「そうですか。あのとき、久五郎さんは音吉のことを気にしていました」

「そうか」

まだ、久五郎は音吉に接触する前だったのだ。

「青柳さま」

儀兵衛は厳しい顔つきで、身を乗り出すようにして言った。

「じつは、きのう、音吉が久しぶりにやって来ました」

「音吉が？」

「お線香を上げに来てくれたのですが、なんだか、以前の音吉と違うような気が」

儀兵衛は戸惑《とまど》いぎみに言う。

「違うとは？　おそのを失った悲しみから立ち直ったのではないのか」

剣一郎はあえてそうきいた。

「はい。もう、そろそろ親方に許しを得て、仕事に戻ろうと思っていると言ってました。でも」

と、儀兵衛は眉《まゆ》をひそめた。

「音吉は思い詰めたような険《けわ》しい顔で、位牌に手を合わせていたのです。なんだか、別人のような気がしました」

儀兵衛は音吉から何らかの不安を感じ取ったのだ。

「親方のところに戻るという様子ではなかったのだな」

剣一郎は確かめた。

「はい。それに、私に向かって、どうかお健《すこ》やかにお過ごしくださいと言うのです。まるで、永久《とわ》の別れのような」

やはり、久五郎と音吉は何かを企《たくら》んでいるのだ。それに、左兵衛も加わる。狙《ねら》いは、復讐だ。

確たる証拠はないが、剣一郎はそうに違いないと思った。

三

二日後。きょうも朝から青空が広がっている。もう何日も雨が降らず、空気は乾いている。

久五郎は物干しに出て空を見上げる。それが日課になっていた。

先日も強風が吹き荒れたが、艮《うしとら》（北東）の風だった。

青く澄んだ空。風は弱い。左手を見れば、火の見櫓《やぐら》が見える。しばらく空を見上げてから、目を右手に転じる。目の先に、平井嘉右衛門の屋敷の門が見える。きのうは、羽織袴《はかま》の武士が訪れていた。おそらく、大二郎が婿に行く屋敷からの使者か、あるいは祝いを届けに来た者であろう。

大二郎の婿養子の話は着々と進んでいるようだ。ふざけた話だと、久五郎は不快になる。ともかく、大二郎のことを考えるだけで、胸の辺りがむかついてくる。だが、それもあとわずかの辛抱だ。

久五郎はいったん部屋に戻った。

階下に行き、土間に隠すように置いてある壺を確認した。先日、音吉のところから持って来たものだ。

音吉はよくやった。相当遠くまで、油を買いに行ったようだ。

再び二階に上がり、久五郎は部屋の真ん中で瞑想《めいそう》した。

落ち着いているつもりでも、やはり心は騒いでいるのだ。これからやることを考えると、恐ろしくなるが、もう引き返すことは出来なかった。

いよいよ実行の時が迫って来た。きょうか、明日か、明後日か。

平井大二郎への復讐。それが、久五郎の生きる目的になった。商売で得た金と、店を売り払った金を合わせるとかなりなものだった。

平井大二郎の暮らす屋敷の傍に家を借りたのも、常に大二郎を見張っていたいからだ。

だが、大二郎を殺《や》るには、久五郎ひとりでは無理だった。

仲間が必要だった。それで、大二郎に恨みを持つものを探したのだ。左兵衛、音吉、そして村田十平太の三人が見つかった。

昼過ぎに、再び物干しに出た。

風はあるが、それほど強くない。それから一刻（二時間）後に再び、物干しに出てみた。風はさっきと同じだ。

久五郎は大きくため息をついた。

きょうも断念だ。これで、きのう、きょうとふつか続けて、中止となった。

決行と決まれば、左兵衛たちのところに顔を出すことになっている。久五郎はきょうも家の中で過ごした。

暮六つ（午後六時）の鐘が鳴った。

久五郎は残りのご飯で夕食をとった。飯を食べるときは、いつもわびしい。必ず、お咲のことが思い出される。

四つ（午後十時）近くなって、ふとんに入った。

最近、決まってお咲の夢を見る。お咲が何か訴えているのだが、よく聞き取れなかった。いつの間にか寝入った。

明け方、窓に何か打ちつける物音で目を覚ました。雨戸がときたま震《ふる》えている。風だ。

久五郎は跳ね起きた。

物干しに出る。桶が風に煽《あお》られ転がっていた。風が強いのか。

東の空が茜《あかね》色に染まっている。

弱い風が乾《いぬい》（北西）から吹いている。ときたま、強く吹く。その風に煽られ桶が転がったのだ。この風はこの先、どうなるのか。

西の空に、小さな雲が幾つか出ている。久五郎はじっとその雲を見つめた。天気は周期的に変わる。

間違いない。この風はもっと強くなる。

以前、深川の漁師から聞いたことがある。あの種の雲は風の吹く前兆だと。

逸《はや》る心を抑えて、一刻ほど待ち、もう一度物干しに上がった。さっきより、風は強い。

もっと強くなる。そして、久五郎の期待をのせて平井大二郎の屋敷のほうに向かって吹いている。

久五郎はすぐに梯子段を下りた。

そして、裏の棟割長屋に向かう。まず、左兵衛の住まいに寄った。

「左兵衛さん。今夜だ」

左兵衛は起きていた。

「わかった」

次は、音吉のところだ。

音吉にも同じことを言う。音吉は寝起きの顔を鋭くして、よしっ、と言った。

最後に、村田十平太のところに行った。

「いよいよだな」

村田十平太が厳しい顔で言う。

「はい。この風はもっと強くなります」

「よし」

村田十平太は位牌の前に行った。

それから、久五郎は他の住人たちのところに顔を出した。

まず、家主のところだ。

「お邪魔します」

「おう、久五郎さんか。ずいぶん早いですな」

「以前より、お話を申し上げておいて延《の》び延びになっておりました。引っ越しのご挨拶代わりに皆さま方を料理屋にご招待する件でございます。急ではございますが、今宵《よい》、堺町《さかいちょう》にある料理屋『山水《さんすい》』にご招待をいたしたいと思います。まことに、お忙しいとは存じますが、今宵六つ半（午後七時）より、『山水』にお越しいただけませんでしょうか」

「なに、あれはほんきだったのか」

鬢《びん》に白いものが目立つ家主が驚いたように言う。

「はい。これから何かとご迷惑をおかけするかもしれませんので」

「そりゃ、長屋の者は喜ぶ。『山水』など一生に一度も行けるような身分ではないからな。では、わしから皆に伝えておこう」

「そうでございますか。『山水』のほうには話を通しておきます。どうぞ、皆さま全員でお集まりいただきたく存じます」

「こんないい話、無下《むげ》に断るものはおるまい」

家主も機嫌よく答えた。

次に、隣の長屋にも行き、そこの家主にも同じことを伝えた。

「久五郎の招待だと『山水』で言ってもらえれば、話が通るようになっておりますので」

「『山水』ですか。こいつは豪勢だ。よございますよ。皆と打ちそろって参ります」

ほとんどの者が異口同音《いくどうおん》に言った。

だいたい二十人ほどの大所帯になる。かなりの出費になるが、そのぐらいの金は十分にある。なにしろ、久五郎にはもう不要な金なのだ。

それから、久五郎は浜町堀を越え、堺町の『山水』にやって来た。

門構えも立派な料理屋である。間口の広い玄関に行ったが、朝のこの時間は、店のはじまるまでだいぶ時間がある。

久五郎は裏手にまわった。すると、勝手口から、女将《おかみ》が出て来た。

「おや、おまえさんは」

「いつぞや、宴会をお願いしました久五郎にございます。今宵、お願いしたいのですが。これは先払いということで」

久五郎は二十両を女将に差し出した。

「こんなには」

「いえ、もし、不足だったら、あとでお支払いいたします。どうか、長屋のひとたちに酒と料理を存分にお振る舞いくださるようお願いいたします」

「お任せください」

女将は胸を叩いた。

それから、久五郎は横山町にある仕出屋《しだし》に行き、料理を自分の家に夕方運んでくれるように頼んだ。

引き上げる頃、さっきより風が強くなっていた。

夕方に、仕出屋から料理が届いた。それと同時に、左兵衛、音吉、村田十平太が順次集まって来た。

行灯《あんどん》の明かりが、四つの影を作っている。

「いよいよ今夜です」

久五郎は悲壮な覚悟で三人の顔を見た。

三人が険しい表情で頷《うなず》く。

「もう四人揃《そろ》って会うこともありますまい。そして、これが最後の食事になりましょう。遠慮せず、箸《はし》をつけてください」

久五郎は自分の声が震えを帯びているのに気づいた。やはり、緊張しているのだ。

「やっと、恨みを晴らせると思うと、気持ちが高ぶる」

左兵衛が顔を紅潮《こうちょう》させて言う。

「俺もだ。どんなに苦しい思いをしてきたか」

音吉も片頬を歪《ゆが》ませた。

「実際に手を下すのは村田さんです。我らのぶんまで、お願いいたします」

久五郎は村田十平太に声をかける。

「必ず、恨みを晴らしてやる。そなたたちの恨みも、この刀に込めて」

村田十平太は右手に刀を持った。

「あっしも踏み込みたい」

いきなり、音吉が言った。

「音吉さん。それは無理だ。お侍相手に、無理だ」

久五郎がたしなめる。

「いや。私も行く」

左兵衛まで言い出した。

「敵《かな》わぬまでも、平井大二郎に恨みをじかにぶつけたい」

久五郎は予想外の事態に困惑した。

忍び込むまではいっしょでも、襲撃は村田十平太に任せ、音吉と左兵衛には逃亡してもらおうと思っていたのだ。そのための資金は用意してある。

「久五郎さん。私は目的を果たしたからと言って、生きていたいとは思わない。踏み込ませてくれ」

左兵衛が言う。

「あっしも同じだ。仮に、久五郎さんがだめだと言っても、あっしも村田さんといっしょに踏み込む」

音吉は恐ろしい形相《ぎようそう》で言う。

「久五郎どの。これだけ言っているのだ」

村田十平太が口添えをした。

「わかりました」

久五郎は好きにさせてやろうと思った。

「村田さん、よろしいですね」

「気持ちはよくわかる。異論はない」

村田十平太は力強く頷いた。

「わかりました。では、手筈《てはず》はすでにお話ししたとおり。ただ、おふたりには村田さんといっしょに踏み込んだあとも、襲撃のほうに加わっていただきます」

「よし」

音吉が鋭い声を発した。

「では、成功を祈って」

そう言い、久五郎が盃《さかずき》を呑み干すと、三人も盃を口に運んだ。

「さあ、どうぞ、お召し上がりください」

天ぷら、鰻《うなぎ》の蒲焼《かばやき》、鯉《こい》こくなどが並んでいる。

旗本は外泊を許されておらず、部屋住みの身だからといって勝手が許されるはずはない。まして、平井大二郎は婿入りの話が決まっている。そういう時期に外泊などするはずがない。今夜、必ず屋敷にいるはずだ。

千八百石の旗本の屋敷には用人や若党、それに中間などを含めたら二十人ぐらいの武士がいるだろう。

だが、村田十平太の敵ではない。

久五郎は鰻の蒲焼に箸をつけながら、いつだったか、お咲とふたりで有名な鰻屋

『神田川』で蒲焼を食べたことを思い出した。とてもおいしいわ、とお咲は喜んでいた。そのときのお咲の笑顔を思い浮かべると、久五郎の胸の底から熱いものが込み上げて来た。

外で何かが落ちる物音がした。風が強くなってきたのだ。

「相当、強くなって来ました」

久五郎が呟《つぶや》く。

「ちょっと見てきましょう」

久五郎は二階に上がり、物干しに出た。空は真っ暗だ。星が瞬《また》いている。強い風が吹いている。乾の風だ。

音吉と左兵衛もやって来た。それに、村田十平太も。

「この風は夜半まで続くはずです」

久五郎は言い、平井嘉右衛門の真っ暗な屋敷を見た。音吉たちもつられたように目を向けた。

風は唸《うな》り声を上げていた。

「さて、私は『山水』の様子を見て来ましょう。ぼちぼち、皆が長屋を出かける頃ですから。皆さんは十分に腹ごしらえをしてからお戻りください」

久五郎は梯子段を下りた。

外に出ると、ぞろぞろと長屋の連中が出かけて行く。皆、はしゃいでいる。中には子どもを連れた夫婦もいる。

やがて、この一帯は無人となるはずだった。

四

その日、午後から剣一郎は礒島源太郎と只野平四郎のふたりの同心と共に町廻りに出ていた。

強風は衰《おとろ》えを知らなかった。また、しばらく日照りが続いたため、土埃《つちぼこり》が舞い、何度も立ち往生《おうじょう》を繰り返した。

京橋から日本橋、そして、神田方面から下谷《したや》へ。日没を過ぎて蔵前から浅草御門をくぐって米沢町へとやって来た。

風は相変わらず強い。各町では若い者が繰り出して、拍子木《ひょうしぎ》を叩いて火の用心を呼びかけながら歩いており、自身番の脇にある火の見櫓にもひとがふたり乗って、用心深く辺りを見回していた。

火消しの連中も歩き回っていた。

平井嘉右衛門の屋敷の傍を通り、横山同朋町を過ぎて橘町に向かった。

剣一郎は久五郎の家を見た。明かりは点いていない。出かけているのか。表通りをそのまま行き過ぎようとしたとき、妙な感じがした。

「青柳さま。何か」

立ち止まった剣一郎に、儀島源太郎がきいた。

「なんだか、この一帯、暗くないか」

「そうですね。どの家も明かりが灯《とも》っていません。それに、静かですね」

儀島源太郎が眉根を寄せた。

「ちょっと見て来ます」

若い只野平四郎が路地を入って行った。

しばらくして、小首を傾《かし》げながら出て来た。

「どうした?」

儀島源太郎が訊ねる。

「それが、誰もいないようです」

「誰もいない?」

「ええ。留守です」

「今夜、何かあるのか」

剣一郎も不思議に思ったが、それ以上のことに思い至らなかった。

再び、先に向かって歩き出した。

提灯の明かりは自身番だ。剣一郎はそこに入って行った。

「風が強うございますね」

月番の家主が言う。

「うむ。この風はまだしばらくは続くだろう」

注意を呼びかけてから、剣一郎は思い出してきいた。

「横山同朋町の長屋は誰もいないようなんだが、何かあったのか」

家主が身を乗り出すようにして、

「青柳さま。横山同朋町に久五郎という男が住んでおります。最近、引っ越して来た者ですが」

と、切り出した。

「久五郎なら知っている。どうかしたのか」

剣一郎は家主の言葉を待った。

「はい。それが、引っ越しの挨拶だと言って、住人たちを料理屋の『山水』に招待したのです」

「なに、住人たちを？　それで無人だったのか」

剣一郎はなにか異様に思えた。

「はい。皆、出かけたようですから」

「それにしても、『山水』とは豪勢だな」

なぜ、久五郎がそこまでするのか、剣一郎は不思議に思った。それに、引っ越してから、だいぶ日にちが経っている。

「今ごろ、長屋の連中は、『山水』に上がって、食ったことのないような料理に舌鼓《したつづみ》を打っていることでしょう」

家主は生唾《なまつば》を呑み込み、

「できたら、私もお相伴《しょうばん》に与《あずか》りたかったですよ」

と、残念そうに言った。

すると、奥から書役の男が口をはさんだ。

「それにしても、かなりな出費じゃないかと思いますが」

「確かに、そうだ」

剣一郎もそのことを気にした。

久五郎は本町三丁目で小間物屋をやっていたということだが、その当時の蓄えがあったとしても、『山水』に大勢を招待するとなると相当な金が必要だ。今後の暮らしもある。久五郎はいったいどういうつもりなのか。

「そういえば、夕方には久五郎さんの家に、仕出屋が料理を運んでいました」

そう言ったのは、もうひとりの月番の家主だ。

「なに、長屋の者を『山水』に招待した一方で、自分の家に料理を運ばせた？」

またも意外なことを聞いて、剣一郎は小首を傾《かし》げた。

「はい。久五郎さんは長屋の者を『山水』に招待し、自分と親しい者は自分の家に招待したのではないでしょうか」

「自分と親しい者というと？」

「最近、裏長屋に越して来た左兵衛さんと音吉さんとは親しくしておりました」

「左兵衛と音吉だと。ふたりは、あの長屋にいるのか」

同じ境遇の者が偶然に集まって来たとは思えない。

久五郎が呼び寄せたのであろう。久五郎はいったい何を考えているのか。

久五郎に会ってみよう。剣一郎はそう思った。

剣一郎は自身番を出てから、

「少し気になることがある。先に行ってくれ」

と礒島源太郎と只野平四郎のふたりに言い、ひとりで横山同朋町に戻った。

もう六つ半（午後七時）をまわっている。

久五郎の家の前に立った。戸は簡単に開いたが、中に呼びかけても、返事がなかった。出かけているようだ。

しばらく待ったが現れる気配がないので、諦めて引き上げようとしたとき、久五郎が戻って来た。

久五郎は剣一郎の姿を見て立ちすくんだようだ。だが、すぐに、口許に笑みを湛え、

「青柳さまではございませんか」

と、穏やかな口調で言った。

「近くを通り掛かったので、ちょっと寄ってみた」

剣一郎もさりげなく応じる。

「さようでございますか。さあ、どうぞ、お上がりください」

「いや。ここで結構」

剣一郎は上がり框に座った。

久五郎も上がり口に腰を下ろした。

「今、自身番で聞いて来たのだが、そなたは長屋の住人を全員、『山水』に招待したそうだな」

「はい。さようで」

久五郎は素直に答えた。

「なぜ、そんな真似《まね》を」

「これから、ここで世話になるご挨拶の意味合いと同時に、娘の供養のためと思い、皆さまがふだん縁のないような場所にご招待をしようと思ったのでございます」

久五郎はよどみなく話す。

「しかし、たいへんな散財ではないか」

「でも、娘の供養だと思えば、それほどのことでもありません。娘はいつも周囲のひとたちへの感謝を口にしておりました。娘も、喜んでいると思います。幸い、私が細々と暮らして行くだけのお金はあります。娘がいないので、それ以上のお金は必要ありませんので」

「では、なぜ、そなたも同席しないのだ」

「私がいたのでは、皆さまは私に気を遣ってしまいます。あくまでも、自由にお食事を楽しんでいただこうと思いましてね」

久五郎の話に付け入る余地はない。異様と思える行動について、いちいちそれなりの理屈を考えている。

そのことにかえって、剣一郎は疑惑を持った。

「久五郎。そなた、何かを企んでいるのではないか」

剣一郎はずばりきいた。

「企みですって。とんでもない」

久五郎は軽く受け流すように笑った。

「仕出しの料理を頼んだそうだな」

「はい。音吉さんや左兵衛さんといっしょに食べました」

「なぜ、ふたりは長屋の者といっしょではないのか」

「ふたりとも最近になってやって来た人間ですから」

久五郎は余裕を見せた。

「左兵衛と音吉は長屋にいるのか」

「はい。いると思いますが」

無意識のうちに、剣一郎は家の中を見回した。何か、企みを解き明かす手がかりとなるものがないか調べる目だった。特に変わったところはない。

「邪魔をしたな」

剣一郎は立ち上がった。

だが、何かひっかかる。剣一郎の嗅覚《きゅうかく》が何かあることを感じ取っていた。だが、それが何か、想像がつかなかった。


久五郎のところから、剣一郎は裏長屋に向かった。木戸を入り、路地を奥に向かう。ほとんどの家は留守だ。だが、音吉と左兵衛は家にいるはずだ。

剣一郎が訪ねたとき、左兵衛は寝そべっていた。

「青柳さま」

驚いて、左兵衛は跳ね起きた。

「なぜ、ここに引っ越して来たんだ」

剣一郎は左兵衛の厳しい顔を見つめた。

「へえ、たまたまです」

「平井嘉右衛門の屋敷の傍だ。気にならないのか」

「もう済んだことですから。いつまでも死んだ伜のことを考えていても仕方ありません」

「しかし、ここでは思い出すのではないか」

「いいえ」

左兵衛の目がぎらついているように見えることが気になった。

「左兵衛。久五郎とともに何か企んでいるのではないか」

「とんでもない。私はここで伜の冥福《めいふく》を祈りながら静かに余生を送りたいと思っているんですよ」

「大二郎に復讐をしようとしているのではあるまいな」

「ご冗談を。私たちが敵う相手じゃありませんよ」

左兵衛の言うこともっともだ。久五郎、左兵衛、音吉の三人が束になってかかったとしても、大二郎の剣の前では赤子も同然だ。

では、何を……。

「さっき、久五郎の家で、仕出しの料理を食べたそうだな」

「はい」

「なぜ、そんな真似をしたのだ?」

「久五郎さんが、死んだ者の供養だからと」

左兵衛も、平然と答える。

これ以上、左兵衛をいくら問い詰めても正直に答えまいと思った。

「左兵衛。また来る」

そう言い、剣一郎は引き上げた。


次に、音吉の住まいにまわった。

長屋路地の向かい側だ。

腰高障子を開けると、ほの暗い行灯の下で、音吉は何かをしていた。剣一郎の顔を見て、あわてて手を止めた。

「ほう、仏像か」

手に鑿《のみ》が握られていた。

「へえ、これを彫っていると心が落ち着きます」

飾り職人だった音吉が作った木彫りの仏像の顔は、やさしげな顔立ちをしていた。

「おそのさんか」

剣一郎は仏像を手にとってきいた。

「はい。おそのさんの思いがここに乗り移っています」

音吉は素直に答えた。

「音吉。顔立ちはやさしいが、全体から受ける印象は険《けわ》しいように思える」

そう言って、剣一郎は仏像を返した。

音吉ははっとしたようになった。

何かある。何か隠している。剣一郎はそう判断せざるを得なかった。

「邪魔した」


剣一郎は外に出た。相変わらず、風が強い。

気のせいか、左兵衛からも音吉からもぴりぴりしたものを感じた。

長屋の住人は他に誰もいない。静かな路地の真ん中に立ち、剣一郎は落ち着かない気持ちになった。

なぜか、足元から不気味なものが沸《わ》き上がってきた。

他に誰もいないと思ったが、奥の家から浪人が出て来た。

剣一郎を見て厳しい顔をした。

剣一郎は近づいた。

「恐れ入りますが、あなたもここの住人ですか」

剣一郎はきいた。

「さよう」

「失礼ですが、お名前を教えていただけませんか」

「村田十平太です」

「今夜は長屋の住人は『山水』に招かれているそうですが、あなたは行かないのですか」

「行きません。失礼、厠《かわや》へ」

そう言い、村田十平太は厠へ向かった。

剣一郎は長屋の木戸を出た。そして、先程の自身番に戻り、さっきの家主にきいた。

「あの長屋に、村田十平太という浪人がいた。あの者はいつからいるのだ」

「ふつか前です」

「ふつか前？」

「誰の世話だ？」

「いいえ、聞いておりません」

あの者は何者なのか。久五郎の仲間か。

剣一郎が自身番を出たとき、文七がやって来た。

「お屋敷にお伺いしましたら、まだお戻りではないというので、探し廻りました」

「何かあったのか」

「はい。もうひとり、平井大二郎に恨みを持つ浪人が見つかりました」

「ひょっとして、村田十平太か」

「ご存じでしたか」

文七は目を丸くした。

「さっき、知ったばかりだ。村田十平太は大二郎とどんな因縁《いんねん》があるのだ?」

「村田十平太は、丸岡道場で師範代をしていたそうです。そこで、大二郎とは……」

町娘に狼藉《ろうぜき》しようとしたのを咎《とが》めたことから大二郎の逆恨みを買い、姑息《こそく》な手段によって道場をやめさせられ、あげく病弱だった妻女が死んだ。そのことで、村田十平太は大二郎に恨みを抱いていると、文七は話した。

「久五郎は村田十平太に近づいています」

「そうだったのか。村田十平太がいれば、大二郎への恨みを晴らすことが出来るかもしれない。しかし、どこで襲うつもりか。大二郎が出て来るのを待つつもりか」

それとも、屋敷に押し入るつもりなのか。もちろん、千八百石の旗本屋敷に押し入るのは容易ではない。家来もたくさんいる。

そこまで考えて、剣一郎ははっと閃《ひらめ》くものがあった。

剣一郎はたちまち、さっき長屋の路地に立って感じた不気味さを思い出した。何かある。何か起こる。剣一郎の頭の中から警告が発せられていた。

「文七。すまぬ。植村京之進を呼んで来てくれ」

「はっ、畏まりました」

文七は素早く夜道に消えた。

風はますます唸《うな》りを発している。

剣一郎は警戒に当たっていた、よ組の鳶《とび》の者に出会った。

「すまぬ。頭の藤三郎に至急会いたい。案内してくれ」

「へい。こっちです」

剣一郎は鳶の者の案内で、火消しのよ組の頭取、藤三郎のもとに向かった。すると、前方から配下の者と歩いて来る藤三郎に出会った。

藤三郎は刺子半纏《さしこばんてん》を着て、いつでも飛び出せる態勢を整えていた。

「ちょうどよいところで出会った。わしの勘《かん》に過ぎない。だが、不穏な動きがある。

長屋に火が放たれる可能性がある。万が一に備えてもらいたい」

剣一郎は簡単に事情を説明し、警戒ではなく、火事が起こるものとして対処してもらいたいと言った。

「畏まりました。おい、全員に火事場に向かう支度をさせろ」

藤三郎の声が夜陰《やいん》に轟《とどろ》いた。

時の鐘が夜五つ（午後八時）を告げている。昼間から吹き荒れた風の勢いはこの時間になっても収まる気配はなかった。

剣一郎は、横山同朋町の裏長屋を見張っていた。

木戸の外には、礒島源太郎と只野平四郎、そして植村京之進や岡っ引き、それに、その周辺には火消しの連中がいつでも動き出せるような態勢を整えていた。

剣一郎は久五郎の住まいの二階家を見た。まだ、静かなままだ。

「青柳さま。動きがありませんね」

礒島源太郎が緊張した声で言う。

「油断するな」

どこかで桶が転がった激しい音がした。乾の風は相変わらず強い。こんな夜に火を出したら、火は周辺に飛び散り、たちまち大惨事になるだろう。

久五郎の家の裏手は、棟割長屋になっている。ほとんど倒れかかったような長屋だ。ここ一帯に火の手が上がれば、通りをはさんである平井嘉右衛門の屋敷にも飛び火するに違いない。風はその屋敷のほうに向かって強く吹いている。

いや。平井嘉右衛門の屋敷に延焼するだけではない。強い風に乗った火の粉はさらに米沢町を類焼し、やがて浜町の武家屋敷にも及ぶだろう。

ただ、久五郎が火を放つという確証があるわけではない。あくまでも剣一郎の勘なのだ。しかし、諸々《もろもろ》のことを照らし合わせて考えると、そういう結論になる。

まず、長屋の住人を『山水』に招いたこと。これは、長屋の住人を避難させたことに他ならない。

今残っているのは久五郎の息のかかった者ばかりだ。さらに、この風だ。久五郎は源助の騒ぎを目の当《ま》たりにしている。

それで、この手を考えたのではないか。そう思っても、剣一郎の憶測に過ぎない。だが、結果の重大性を考えたら証拠がなくても、すぐにでも久五郎たちを取り押さえるべきではないか。しかし、もし間違っていたら……。

剣一郎は踏ん切りがつかなかった。

五

夜五つの鐘が鳴り終えた。

じっと部屋の真ん中で瞑目していた久五郎はかっと目を見開いた。興奮から顔が赤く染まっていくのがわかった。

久五郎は押し入れから用意した油を取り出した。そして、襖《ふすま》から畳にかけて撒《ま》く。

左兵衛も音吉も部屋の中に油を撒いているはずだ。

久五郎は物干しに出た。

「火事だ。火事だ」

久五郎は火の見櫓の男に聞こえるように大声で叫んだ。

すぐに部屋に戻り、久五郎は仄《ほの》かに灯っている行灯を倒し、急いで梯子段を下りた。部屋の中が急に明るくなった。火が襖を焼き、たちまち天井に移った。

久五郎の怒鳴り声は音吉に聞こえた。

音吉も今か今かと待ち構えていたところだ。今戸焼の火鉢に油を注ぐ。ぼっと炎が上がった。

急いで、風呂敷包《ふろしきづつみ》を抱えて外に飛び出た。

風呂敷の中には油を染み込ませた布がたくさんあった。通りに出て、平井嘉右衛門の屋敷の塀際の暗がりに身を潜《ひそ》めた。

半鐘《はんしょう》が早鐘をついている。

左兵衛と村田十平太も駆けつけてきた。

背後で火が燃え上がった。火の粉が舞い、火の付いた紙や木が突風に乗って音吉の背後に飛んで来て落ちた。それらの一部が塀を越え、平井嘉右衛門の屋敷内に飛んで行った。

燃えろ、と音吉は心の内で叫ぶ。

「行くぞ」

十平太は表門に向かって駆けた。

背後の上空は真っ赤に染まっている。半鐘がけたたましく鳴り、屋根が燃え崩れる音がした。

左兵衛に続き、音吉も走る。門から中間《ちゅうげん》が出て来た。十平太が中間に襲い掛かり、刀の鐺《こじり》で鳩尾《みぞおち》を打つ。鈍い声を上げて、中間が倒れた。

門を入った。屋敷内は騒然《そうぜん》としていた。

そのとき、ひとが飛び出して来た。武士だが、平井大二郎ではない。

「狙いは大二郎だ」

十平太はその武士を無視した。

だが、気付いた侍が怒鳴った。

「何奴《なにやつ》だ」

十平太は剣を抜いて、その侍に突進した。

相手も剣を抜いたが、十平太の敵ではない。あっけなく、斬られて倒れた。

「峰《みね》打《う》ちだ」

十平太は驚いている音吉に言った。

「じゃあ、行け。俺は玄関から押し入る」

十平太が音吉と左兵衛に声をかけた。

火の付いた大きな板が頭上を飛び、火の粉が屋敷内に降り注いでいる。だが、瓦葺《かわらぶ》きの屋根に、なかなか燃え移らない。

音吉は建物の裏に廻る。そして、雨戸の開いている縁側の傍で立ち止まり、風呂敷包を解く。

縁側に上がり、油を染み込ませてある布に火を付け、障子《しょうじ》を開けて部屋の中に投げ入れた。あっという間に、火は障子に移った。

女の悲鳴が上がった。

音吉と左兵衛は廊下を走る。

逃げまどう女の悲鳴が轟く。

「大二郎はどこだ」

音吉が叫びながら襖を開けて行く。いち早く、逃げ出したのか、姿がない。

「あっちで声がする」

左兵衛が言う。音吉は左兵衛に従った。

玄関のほうにまわった。玄関前で、五十過ぎと見られる武士を中心に何人かが固まっていた。その中に、大二郎の姿があった。

十平太の姿はない。まさか、やられたのではないか。音吉は足が竦《すく》んだ。

大二郎たちは門に向かった。外に避難するようだ。

逃がすものか。音吉は夢中で飛び出した。大二郎の顔を見て、村田十平太といっしょに襲撃するという約束を忘れた。

「平井大二郎。おそのの仇《かたき》」

音吉は匕首《あいくち》を構えた。

「なんだ、おまえは？」

色白の大二郎は蔑《さげす》むような目を向けた。

「いつぞやの騒ぎのとき、富沢町『兵庫屋』の娘のおそのを手込めにしただろう。おそのは、そのために死んだんだ。許せねえ」

音吉は絶叫した。

「ちっ。くだらねえ」

「なに、くだらねえだと」

音吉はかっとなった。

「やい。こっちは伜の仇だ。わけもなく、ひとを斬りやがって。てめえのような奴は人間じゃねえ」

左兵衛も包丁を取り出した。

「無礼者。火事のどさくさに紛れ、当屋敷に忍び込むとは不埒《ふらち》な奴」

五十過ぎの武士が怒鳴った。

「そこの大二郎を成敗に来た。おまえに殺されたものの恨みを晴らす」

「たわけめ」

大二郎が目をつり上げて近寄った。

「くだらんことを言いよって」

大二郎が剣を抜いた。

音吉と左兵衛が敵うわけがない。ふたりは後退った。

「覚悟しろ」

大二郎が剣を振りかざそうとしたとき、音吉はいきなり突進し、大二郎の懐《ふところ》に匕首を持って飛び込んだ。

しかし、軽く匕首を弾《はじ》き飛ばされ、左腕を斬られた。左腕に激痛が走ったが、音吉は夢中で大二郎の体にしがみついた。

音吉の腕が大二郎の胴体に巻きついた。

「左兵衛さん。いまのうちに」

音吉が大声で言う。

左兵衛が包丁を構えたとき、大二郎は刀の柄頭《つかがしら》で、音吉の傷ついた腕をしたたかに殴った。音吉は一瞬気を失いかけ、その場に倒れた。

霞《かす》む目で左兵衛を探したが、姿がない。目を横に向けて、音吉はあっと声をあげた。

左兵衛が横たわっていた。首から血が吹き出している。

「左兵衛さん」

音吉は悲鳴のように叫んだ。

「今度はおまえの番だ」

大二郎が剣を振りかざした。

音吉は身動き出来ない。もう、だめだと思った。

そのとき、玄関の方から村田十平太が飛び出して来た。

「待て、大二郎」

大二郎が振り返る。

「おまえは……」

「大二郎。おまえのために道場を辞めさせられた村田十平太だ。おまえの手にかかって亡くなった多くのひとたちの恨みを晴らす」

十平太が抜刀した。

「無礼もの。浪人のくせに」

大二郎は剣を青眼《せいがん》に構えた。

「それが三代兼若の剣か。何の罪もない人びとの血を吸った剣か」

十平太も剣を青眼に構える。

「狼藉者《ろうぜき》」

大声で叫んだのは、平井嘉右衛門だ。

「者共。この狼藉者を斬れ」

数人の家来が剣を構えて、十平太を取り囲んだ。

「おまえたちは関係ない。手出しをするな」

十平太が凄まじい形相《ぎょうそう》で叫ぶと、家来たちは臆《おく》したように後ろに下がった。

「父上。お逃げください」

大二郎が突然叫んだのは、母屋が炎に包まれようとしていたからだ。

「何をしておる。その狼藉者を斬るのだ」

嘉右衛門が家来を急《せ》き立てた。

しかし、家来たちは十平太の剣に恐れをなし、踏み込めないでいた。

大二郎の顔も十平太の顔も炎に照らされ、赤鬼のような形相である。

「兼若の剣を受けてみろ」

大二郎が上段から斬りつけた。十平太も踏み込んでその剣を鎬《しのぎ》で受け止める。鍔迫《つばぜ》り合いになりながら、

「大二郎。きさまのために俺は仕事を失い、そのために我が妻は死んだ」

と、無念の声を張り上げた。

「俺のせいではない」

大二郎は憎々しげに言い、さっと両者は離れた。

「おまえは俺を罠《わな》にはめた。盗人《ぬすっと》の罪をなすりつけたのだ。恥知らずめ」

十平太は青眼に構え、間を詰める。

もう一度、大二郎は上段から斬りつけ、十平太も剣を振り下ろす。剣と剣がぶつかり合い、離れ、ふたたび剣と剣がかち合ったとき、音吉はあっと声を上げた。

あろうことか、十平太の剣が真っ二つに折れたのだ。

「さすが、三代兼若」

大二郎はにやりと笑った。

「村田十平太、覚悟はいいか」

大二郎は剣を振りかざした。

「村田さん」

音吉は左腕を押さえながら絶望的な声を上げた。

大二郎は剣を振り下ろした。十平太は後ろに飛び退《の》き、さらに続く攻撃を横に倒れながら避けた。

大二郎は奇妙な声を上げながら、倒れた十平太に剣を振り下ろして迫る。十平太が転がりながら逃げたところに左兵衛が倒れていた。

まるで、左兵衛が渡したかのように、十平太は左兵衛が持っていた包丁を掴んだ。

大二郎が剣を大きく振りかぶった。十平太は素早く跳ね起き、大二郎の胸元目掛けて突進した。

大二郎と十平太がぶつかり、ふたりの動きが止まった。

「音吉。止《とど》めを」

十平太が苦しそうに叫ぶ。

包丁が大二郎の腹に突き刺さっていた。また、大二郎の剣は十平太の肩に食い込んでいた。

音吉は痛みに耐えて立ち上がった。

「おそのの仇だ」

よろけながら、匕首を構えて音吉は大二郎に迫った。

六

炎が上がったとき、剣一郎は裏長屋の木戸を見張っていた。何かあるとすれば、この長屋からだと思っていたのだ。

だから、周辺によ組の火消しが待機していた。火の手が久五郎の住む二階から上がったとき、意表をつかれた思いはしたものの、素早く対処出来たと思った。

しかし、裏長屋からも炎が上がった。そして、思いの外、火の手のまわりは早かった。

油を撒いたのに違いない。また、風が燃えるのを手助けしたようだ。

半鐘がけたたましく鳴る中、剣一郎は久五郎の家に向かって駆けた。火消しの連中が消火活動に入っていた。

久五郎の家に駆けつけると、久五郎が玄関から出て来るところだった。久五郎は興奮しているのか、目がつり上がっていた。

「久五郎。なんということを」

剣一郎は責めた。

「青柳さま。私が火を付けました」

久五郎は深呼吸をして静かに言った。家の燃える音や半鐘の音、火消したちの怒声が飛び交い、久五郎の声が消されがちだ。

「なぜ、このようなだいそれた真似を」

剣一郎は声を張り上げた。

「相手は天下の旗本。こうでもしなければ、我らには手の届かないことでございました」

久五郎は無念の形相になった。

「青柳さま。お逃げください」

後ろから、火消しが叫ぶ。

「久五郎。来るのだ」

剣一郎は久五郎を引き連れ、外に飛び出した。

裏長屋からも火が出て、たちまち巨大な炎が生まれた。火は周辺に燃え移り、強風に乗って、隣接する武家屋敷にまで及んだ。

強風に加えて、長い間、雨が降らず空気は乾燥していた。燃え移るのはあっという間だった。

幸いなことに、住人がいないので、混乱は避けられた。

火消しが龍吐水《りゅうどすい》を使って水をかけ、消火活動に当たっている。

岡っ引きに、久五郎の保護を命じ、剣一郎は音吉たちが住む裏長屋に向かった。だが、すでにそこは炎に包まれていて、音吉たちの姿を見つけることは出来なかった。

剣一郎は平井嘉右衛門の屋敷に駆けつけた。

表門から女中たちがそれぞれ手に風呂敷包を抱えて飛び出して来ていた。用人らしき男もいた。その中に、二十代後半と思える武士がいた。平井嘉右衛門の長子大介に違いない。

「八丁堀の青柳剣一郎でござる。危急の際であります。このまま、お屋敷内に入らせていただきます」

すると、恰幅《かっぷく》のよい武士が門から出て来た。平井嘉右衛門だ。

「奉行所の者か。狼藉者だ。中に入ってよい。取り押さえよ」

嘉右衛門が必死の形相で叫ぶ。

「畏まりました」

剣一郎は屋敷内に入った。

　そこで目にしたのは、村田十平太が大二郎の体を抱き抱えている光景だった。つぶさに見れば、十平太が包丁で大二郎の腹を刺し、そして大二郎の剣が十平太の肩を斬ったのだということがわかる。

　その大二郎に向かって、音吉がよろめきながら匕首を構えて迫ろうとしていた。剣一郎はとっさに状況を理解した。音吉が大二郎に止めを刺そうとしているのだ。

「音吉。やめるのだ」

　剣一郎は怒鳴った。

　はっとしたように、音吉の動きが止まった。

「音吉。匕首を捨てるのだ」

　やがて、音吉の手から匕首が落ちた。と同時に、大二郎の体が仰向けに倒れ、村田十平太の体も頽《くずお》れた。

「大二郎」

　平井嘉右衛門が倒れている大二郎に駆け寄った。

　剣一郎もふたりの傍に向かった。

「大二郎。なんということだ」

　嘉右衛門が悲鳴のように叫んだ。すでに大二郎はこと切れていた。

「村田さま」

音吉が倒れている十平太に駆け寄った。そして、十平太の体を抱き起こした。

「村田さま、しっかりしてください」

音吉が呼びかけると、十平太が目を開けた。

「音吉。済んだか」

十平太が切れ切れの声できく。

「へえ。済みました。村田さまのおかげで」

「仇は討てたのだな」

「討てましたとも」

「よかった。これで、あの世で、我が妻に顔を合わすことが出来る」

そう言い、十平太は息を引き取った。

「村田さま」

音吉が泣き叫んだ。その音吉の腕からも血が出ていた。

すぐ傍らで、左兵衛が死んでいた。剣一郎は声も出なかった。そのとき、激しい音がして、火の粉が飛んで来た。

母屋が焼け崩れようとしていた。

　その頃になって、奉行所からも火事場掛与力が到着し、別の組の火消しも現れ、火消し作業は活発になった。

　真っ赤に上空を焦がしていた火もやがて消えた。

　風下に当たった旗本平井嘉右衛門の屋敷をはじめとして、たくさんの武家屋敷が焼けたが、町家は横山同朋町を中心に橘町三丁目や村松町の一部を焼いただけで済んだ。

　火消しが待機していて消火活動が早かったことが最大の理由である。また、住人が出払っていたため、怪我人がいなかったことは幸いだった。

　音吉を医者のところに送り込んだあと、剣一郎は表茅場町《おもてかやばちょう》の大番屋に向かった。

　そこに、久五郎が連行されている。

　剣一郎は事態を防げなかったことに忸怩《じくじ》たる思いだった。強引に、久五郎たちを取り押さえておくべきだったか。

　その一方で、これしか道はなかったという思いもあった。

　剣一郎が大番屋に入って行くと、久五郎は仮牢内でおとなしくしていた。

「久五郎をこれへ」

剣一郎は小者に命じて、久五郎を土間に敷いた筵《むしろ》の上に座らせた。

久五郎は剣一郎に向かって、

「青柳さま。平井大二郎はいかがしたでありましょうか」

と、強張《こわば》った表情できいた。

「村田十平太の手により絶命した。火事発生に便乗《びんじょう》し、十平太、左兵衛、音吉の三人が平井嘉右衛門の屋敷に押し入り、大二郎を殺した」

剣一郎はそのときの状況を話して聞かせた。

「そうですか。村田さんがやってくれましたか」

久五郎は感慨《かんがい》のこもった声で言ったあと、

「で、村田さんたちは、今どこでどうしておりますか」

と、きいた。

「村田十平太は平井大二郎との相討ちで死んだ。十平太の刀が折れていた。やはり、大二郎の三代兼若は相当な刀のようだ。また、左兵衛も大二郎に斬られて死んだ」

久五郎は目を瞑った。

「怪我を負ったが、音吉のみ無事だ。今、医者の手当てを受けている」

「そうでございましたか。音吉だけが無事でしたか」

久五郎は深いため息を漏らした。

「村田十平太、左兵衛、音吉の三人ははじめから命を捨てる覚悟だったのだな」

剣一郎は確かめた。

「はい。それぞれの思いを胸に秘め、命を賭《か》けて大二郎に向かったのです。はじめから死ぬつもりでおりました。すでに、生きる支えを失った者ばかりでしたから」

久五郎は嗚咽《おえつ》をこらえて言う。死を覚悟していた者たちとはいえ、いざ死なれてみると、胸が詰まったようだ。

「久五郎。そなただけ、なぜ大二郎の襲撃に加わらなかったのだ？」

剣一郎には久五郎の思いが手にとるようにわかっていた。だが、そのことを確かめないわけにはいかない。

「はい。私は事件についてつぶさに申し述べる務めがあると思い、あえて生き長らえました。もちろん、あとからあの世に行き、彼らに会うつもりでおります」

「すべてを話すためにか」

「はい。そうでなければ、単なる狼藉者になってしまいます。命を賭《と》して愛する者の仇を討った者のことを、誰かが世間のひとに正しく伝えてやらねば可哀《かわい》そうですから」

久五郎は堂々と述べた。

やはり、思ったとおりだと、剣一郎は大きく頷き、

「そなたの心底を見届けた」

と言ったあとで、声を潜《ひそ》めた。

「そなたがすべてを告白する前に、ひとつ相談がある」

「なんでございましょうか」

久五郎は怪訝《けげん》そうな顔をした。

「音吉のことだ」

「音吉でございますか」

「そうだ」

剣一郎は身を乗り出した。

「幸い、音吉は生き延びた。すんでのところで、音吉は大二郎に刃《やいば》を突きつけるのをやめた。音吉はまだ若い。どうだ。音吉を助けてやらぬか」

「青柳さま。音吉をお目溢《めこぼ》しくださると」

久五郎の表情が輝いた。

「そなたはすべてをありのままに申し述べるという。その心情、まことに天晴《あっぱ》れだ。

だが、音吉が関わっていた事実は伏せて、ありのままを語る覚悟を貫いてほしい」

「ありがとうございます。まだ若い音吉を死なせることに心残りがありました。なんとお礼を申し上げてよいやら。この通りでございます」

久五郎は深々と頭を下げた。

七

事件から十日経った。

久五郎は小伝馬町《こでんまちょう》の牢《ろう》屋敷にいた。

大牢に入れられた当初は、牢名主を筆頭とする牢役人に久五郎は責められた。特に、自白をしていることで、意気地《いくじ》のない奴だと、牢名主の不興を買い、さんざんなぶられた。

だが、そのうちに火を付けて、仲間を旗本屋敷に押し入らせ、道楽者の旗本の次男を殺し、娘の仇を討ったということがわかり、牢名主の態度も変わった。

ほんとうのことをお白洲《しらす》で訴えなければ、いっしょに闘った仲間が単なる罪人になってしまう。やむにやまれぬ行動だったことを訴えるために、あえて生き残ったのだということは囚人たちの共感を呼んだようだった。

二度の吟味《ぎんみ》与力の詮議《せんぎ》が終わり、いよいよお奉行の取調べの日になった。吟味与力は橋尾左門《はしおさもん》という与力だった。取調べにも、久五郎に対する好意のようなものを感じた。それもそのはずで、青痣与力の竹馬《ちくば》の友だということだった。青痣与力がいろいろ言ってくれているのだと思った。

その日、久五郎は奉行所から迎えに来た同心に引き連れられ、取調べを受ける他の囚人といっしょに小伝馬町の牢屋敷を出て南町奉行所へと向かった。

二度の吟味与力の詮議で、久五郎はほぼ語り尽くしたと思っている。最後に、お奉行の前でもう一度、はっきり述べるつもりだった。

奉行所内の仮牢で順番を待ち、昼前に、久五郎の呼び出しがあった。

久五郎はお白洲に連れられて行き、下男に縄尻《なわじり》をとられたまま、白砂利《しろじゃり》の上に敷かれた筵の上に座った。

久五郎の左右には、同心がこちらを見て座っている。

「久五郎、顔を上げよ」

その声は橋尾左門だ。

久五郎は顔を上げ、座敷のほうを見た。

正面の座敷の上の間にお奉行がおり、その横にいかめしい顔の武士が座っていた。そして、庭に近いほうに橋尾左門が座っていた。

皆、継裃《つぎがみしも》である。厳粛《げんしゅく》な雰囲気の中で、取調べがはじまった。

問いかけてくるのはお奉行ではなく、やはり、橋尾左門であった。

「さて、久五郎。すでに、そのほうの言い条を詳しく聞いてきたが、本日はお奉行の前である。もし、そのほうの存念があれば申し上げよ」

橋尾左門はおごそかに言った。

「はい。ありがとうございます。なれど、私の思いはすでに申し述べたとおりでございます」

久五郎は橋尾左門に信頼を寄せていた。だから、調書の内容はただしくお奉行に伝わっているはずだし、これ以上言うべきことはないと思ったのだ。

「さようか。ならば、拙者《せっしゃ》から訊ねよう」

そう言い、橋尾左門は心持ち、身を乗り出すようにした。

「そなたの娘お咲は、旗本平井嘉右衛門どのの要請によって平井家に女中奉公したということであった。当初そなたは平井家の奉公に上げることに気が進まなかったと申していたが、これに間違いはないか」

「はい。ほかのお大名のお屋敷への奉公を考えておりましたので」

「それなのに、なぜ、平井家に奉公に出したのだ？」

「平井のお殿さまの強い要望でございました。これからも当家に出入りを望むなら、娘を奉公に寄越せという強いお言葉がございました」

強い言葉、つまり脅《おど》しだった。そんな脅しに屈した自分を、久五郎は責めている。

「断れば、出入りを差し止めると言われたのだな」

「さようでございます」

「次に、娘が病死したと連絡を受けて、お屋敷に行ったとき、平井嘉右衛門どのの態度はいかがであったか」

「急の病《やまい》で死んだと言っておりました。でも、娘の腕に縄目の跡がありました。縛られたような形跡なので、お殿さまにそのことを訊ねると、不始末をしたから仕置きをしたと言うのです。どんな不始末ですかというと、言葉を濁《にご》されました」

「実際は、どうだったのだ？」

「はい。お屋敷の奉公人から聞き出したことによると、平井大二郎は娘を手込めにしようとしたが、騒がれたので折檻《せっかん》したということでした」

「平井嘉右衛門どのは、そのことを知っていて、隠したと思われるが、いかがだな」

「そのとおりでございます。息子の非道を知っていながら、たしなめようともせず、ただ不祥事を隠蔽《いんぺい》しようとしていたのです」

「そのほうは娘を殺した大二郎への恨みを晴らすために、このような所業に及んだということだったが、怒りは平井嘉右衛門どのには向かなかったのか」

「もちろん、平井のお殿さまは許しがたいと思いました。お殿さまがしっかりしたお方だったら、その後の大二郎の素行も変わっていたはずです。そうしたら、左兵衛さんの息子への無礼打ちも、おそのさんへの狼藉もなかったはずです。大二郎と同じくらいの罪はあると思います」

「それなのに、なぜ、大二郎だけに復讐の狙いを絞ったのか」

「大二郎の所業は証拠があります。誰もが、大二郎を討つことに納得してくれるはずです。でも、お殿さまの罪を暴くことは出来ません。これで、お殿さままで討てば、私たちは単なる狼藉者にされてしまう。そういう危惧《きぐ》を覚えたのです」

嘉右衛門はお咲に強引に女中奉公をさせ、あげくお咲は大二郎の餌食《えじき》にされそうになった。大二郎の横暴を抑えるどころか、大二郎の肩を持ち、お咲を一方的に非難した。

大二郎のような男をのさばらせた責任は嘉右衛門にあるのは間違いない。ある意味、嘉右衛門も同罪であるが、久五郎はひとを傷つけることは本意ではなく、あくまでも大二郎ひとりを狙ったのだ。

「しかし、今度のような暴挙に出る前に、なぜ、奉行所に訴えでなかったのだ」

「無理でございます。お武家さまのことを訴えでても、我われ町人の言い分など取り上げてもらえません。ましてや、町方もお武家さまには手出しが出来ないのです。それがいい証拠に、左兵衛さんの息子が無礼打ちに遭ったときも、すべて大二郎側の言い分だけが取り上げられました。我らは泣き寝入りするしかなかったのです。ほんとうなら」

久五郎は言い止《さ》した。

「久五郎。遠慮せず、存念を申し上げよ。幸い、この場にはお目付どのもいらっしゃる」

久五郎はお奉行の横にいるいかめしい武士を見た。お目付だったのか。

「さあ、久五郎。申してみよ」

「はい。ほんとうなら、平井嘉右衛門も討ち果たしたかった。それに、大二郎の取り巻きの武士です。大二郎の手先になって、おそのさんを家から連れ出し、大二郎の餌食にしたり、無礼打ちの際には、大二郎に有利な証言を作り上げたり……」

久五郎は悔《くや》しさに唇を嚙《か》んだ。

「あい分かった」

橋尾左門はお奉行に顔を向けた。何か指示を仰いでいるのか。

再び、橋尾左門は久五郎に顔を向けた。

「大二郎の取り巻きの侍の名はわかっているのか」

「いえ、わかりません。ただ、三河町の丸岡道場で調べれば、すぐに明らかになると思います」

「次に、おそのの許嫁だった音吉のことだが、音吉はそなたたちの企てには加わらなかったのだな」

「はい。当初はいっしょにやることになっていましたが、途中でやめて行きました」

久五郎は嘘をついた。

橋尾左門はそれ以上は追及しなかった。

また、橋尾左門はお奉行に顔を向けた。そして、久五郎に目を戻し、

「そのほう、横山同朋町の長屋の住民らに見舞金や家の建て直しのためと言い、五百両を差し出したというが、その金はどうしたのだ?」

「はい。商売をやっているときに、娘のためにと思って蓄えていたお金と、お店を売

って得たお金でございます」

「そのほうの全財産か」

「はい。私には不要なものでございますから」

久五郎にはもう思い残すことはなかった。

「最後に、何か申し述べたいことがあれば、遠慮なく言うように」

「いえ。もう、何もございません。ただ、ひと言。吟味与力さまのお心遣いに、心より感謝を申し上げます。このとおりでございます」

久五郎は深々と頭を下げた。

これで、取調べはすべて終了し、あとはお裁きを待つだけだった。もちろん、久五郎は助かることなど考えていない。

久五郎は再び、小伝馬町の牢屋敷に戻された。

数日後の朝、朝食の前に牢屋同心がやって来て、

「大牢」

と、声をかけた。

その声を聞いたとき、久五郎はついにそのときが来たことを悟った。

「お呼び出しがある。横山同朋町、久五郎」

朝食後に、牢屋同心が再びやって来て、久五郎を連れ出した。

「みなさん、短い間でしたが、お世話になりました」

久五郎は囚人たちに挨拶をし、牢屋同心にしたがって牢庭に出た。

そこに橋尾左門が待っていた。牢屋奉行の石出帯刀《いしでたてわき》が立ち会っている。

久五郎は麻裃姿の橋尾左門の前に畏まった。

橋尾左門は久五郎の名を呼んでから、

「引き回しの上、死罪を申しつける」

と、厳かに宣告した。

「ありがとうございます」

久五郎は頭を下げた。

獄門か、あるいは火あぶりの刑に処されると思っていたので、久五郎は想像より軽い刑だと思った。

ふと、橋尾左門が近寄って来て、

「旗本平井嘉右衛門は伜大二郎の不始末の責任をとらされ、役職を剝奪《はくだつ》されて小普請《こぶしん》になった」

と、小声で教えた。

「嘉右衛門は大二郎を病死として始末しようとしたが、屋敷内に左兵衛と村田十平太の死体があり、さらに、そなたが奉行所ですべてを話したことはお目付も聞いており、言い逃れは出来なかった」

「ほっといたしました。最期に、よい知らせを受けることが出来ました」

久五郎は溜飲《りゅういん》が下がった。

「それから、大二郎の取り巻きの者も、お目付のほうで調べている。きっと、そのほうが満足する沙汰《さた》が下されよう」

「何から何まで、ありがとうございました。これで、心置きなく、旅立つことが出来ます。唯一の心残りは青柳さまにお礼を申し上げることが出来ないこと。よろしくお伝えくださいますよう」

「わかった。そろそろ出発になろう」

橋尾左門は痛ましげに顔を背《そむ》けた。

久五郎は後ろ手に縛られ、裸馬に乗せられて牢屋敷の裏門を出た。六尺棒を持った先払いの者が三名、罪状を書いた幟《のぼり》を持つ者、捨札《すてふだ》持ち、抜き身の朱槍《しゅやり》を持った者、突棒《つくぼう》、刺股《さすまた》などの捕物道具を持った者、久五郎が乗った馬の口取り、警備の同心たちや検死の与力などで大きな行列だった。

馬の背は高く、見慣れた江戸の町が違った目線で見えて新鮮に映った。二階家の二階にいる者と目が合う。

大伝馬町から堀留町、小舟町《こぶなちょう》を通って江戸橋を渡って、やがて海賊《かいぞく》橋を渡って、八丁堀の組屋敷に入った。

道端には与力・同心や岡っ引きたちが並んで、久五郎を見上げていた。

久五郎はその中に、青痣与力の姿を探した。先に進むうちに、久五郎の目にひときわ輝いて青痣与力の姿が見えて来た。

だんだん、馬が近づいて行く。

ふと、青痣与力の隣に、見覚えのある姿を見つけた。

「音吉……」

久五郎は覚えず呟く。

先頭が青痣与力の前を過ぎた。見下ろす久五郎の目に、だんだん、青痣与力と音吉の姿がはっきり映ってきた。

ふいに、音吉の体が動いた。一歩前に出たのだ。

「久五郎さん」

音吉が叫んだ。

「音吉。いい職人になるんだ」

久五郎は怒鳴った。

音吉だけでも生き残ってよかったと、久五郎は思った。そして、青痣与力に目顔で礼を言った。

八

引き回しの一行が遠ざかるのを、剣一郎は見送った。

剣一郎は風烈廻り掛かりとともに、例繰方《れいくりかた》掛かりも兼務している。

剣一郎は例繰方与力として、橋尾左門によってとられた久五郎の口書を見て、先例の御仕置裁許帳《おしおきさいきょちょう》に照らして罪状を考えた。

本来なれば、獄門打ち首になすべき重大な犯罪であるが、橋尾左門も久五郎に好意的であり、そういう情状面も含めて死罪が妥当《だとう》であると考えた。だが、剣一郎は迷った末に、引き回しの条項を加えた。

最期に江戸の町を見せてやりたい。そして、音吉の立ち直った姿を見せてやりたいと思ったのだ。

「音吉。おまえの姿を見て、久五郎も喜んでいた。亡くなって行った者たちのためにも、立派な飾り職人になるのだ」

剣一郎は音吉に言った。

親方に詫びを入れ、すでに音吉は以前のように親方のところで働き出していた。

「青柳さま。きっといい職人になってみせます。久五郎さんのためにも、おそのさんのためにも」

「うむ。それから、亡くなった者たちの供養も忘れずにな」

「はい。肝《きも》に銘《めい》じます」

音吉は力強く言った。


その日の夕方、剣一郎は浅草田原町にある料理屋『村川』の客になった。

お町の案内で、二階の小座敷に上がると、主人の弥右衛門が挨拶にやって来た。

「青柳さま。ようこそお出《い》でくださいました。きょうは、板前の安次郎の腕をおためしください」

「お町も元気そうでなにより」

「これも、青柳さまのおかげ」

「いや。弥右衛門も含め、そなたたちを見守ってくれたひとたちのおかげでもある。感謝を忘れぬことだ。だが、なにより、ふたりの仕合わせになろうという熱い思いの賜物《たまもの》だ。安次郎と末永くな」

「はい。ありがとうございます」

お町は頭を下げた。

「きょうはひとりで呑みたい。私のことは気にしないように」

「わかりました」

剣一郎はひとりで酒を呑み始めた。

いつの間にか部屋の中は薄暗くなり、お町が行灯に明かりを入れに来た。外も暗くなっている。

「どうぞ、ごゆるりと」

お町が去ってから、剣一郎は正座し、目を閉じた。

浅草寺の鐘が暮六つ（午後六時）を告げている。

もう、久五郎は牢屋敷に戻り、斬首が行なわれただろうか。剣一郎は胸が切なくなっていた。

それから半刻（一時間）後。剣一郎は『村川』を出た。

ふと風が出て来た。はっとしたが、それほど強いものではない。安堵した瞬間、剣之助のことを思い出した。

そろそろ剣之助は酒田を旅立つ頃だ。

沈んだ心が剣之助のことを思うと、次第に明るくなって行った。

一〇〇字書評

袈裟斬り

切り取り線

購買動機（新聞、雑誌名を記入するか、あるいは○をつけてください）	
□（　　　　　　　　　　）の広告を見て	
□（　　　　　　　　　　）の書評を見て	
□ 知人のすすめで	□ タイトルに惹かれて
□ カバーが良かったから	□ 内容が面白そうだから
□ 好きな作家だから	□ 好きな分野の本だから

・最近、最も感銘を受けた作品名をお書き下さい

・あなたのお好きな作家名をお書き下さい

・その他、ご要望がありましたらお書き下さい

住所	〒				
氏名		職業		年齢	
Eメール	※携帯には配信できません	新刊情報等のメール配信を 希望する・しない			

この本の感想を、編集部までお寄せいただけたらありがたく存じます。今後の企画の参考にさせていただきます。Eメールでも結構です。

いただいた「一〇〇字書評」は、新聞・雑誌等に紹介させていただくことがあります。その場合はお礼として特製図書カードを差し上げます。

前ページの原稿用紙に書評をお書きの上、切り取り、左記までお送り下さい。宛先の住所は不要です。

なお、ご記入いただいたお名前、ご住所等は、書評紹介の事前了解、謝礼のお届けのためだけに利用し、そのほかの目的のために利用することはありません。

〒一〇一－八七〇一
祥伝社文庫編集長　清水寿明
電話　〇三（三二六五）二〇八〇

祥伝社ホームページの「ブックレビュー」からも、書き込めます。
www.shodensha.co.jp/bookreview

祥伝社文庫

袈裟《けさ》斬《ぎ》り　風烈廻《ふうれつまわ》り与力《よりき》・青柳剣一郎《あおやぎけんいちろう》

平成22年6月20日　初版第1刷発行
令和6年10月15日　第6刷発行

著　者　小杉健治《こすぎけんじ》

発行者　辻　浩明

発行所　祥伝社《しょうでんしゃ》
東京都千代田区神田神保町3-3
〒101-8701
電話　03（3265）2081（販売）
電話　03（3265）2080（編集）
電話　03（3265）3622（製作）
www.shodensha.co.jp

印刷所　堀内印刷
製本所　ナショナル製本

Printed in Japan ©2010, Kenji Kosugi　ISBN978-4-396-33590-8 C0193

祥伝社文庫の好評既刊

小杉健治
白頭巾 月華の剣
新心流居合の達人・磯村伝八郎と、義賊「白頭巾」の顔を持つ素浪人・隼新三郎の宿命の対決！

小杉健治
翁面《おきなめん》の刺客《しかく》
江戸中を追われる新三郎に、翁の能面を被る謎の刺客が迫る！ 市井の人々の情愛を活写した傑作時代小説。

小杉健治
二十六夜待
市井に隠れ棲《す》む、過去に疵《きず》のある男と岡っ引きの相克。情と怨讐を描く、傑作時代小説集。

小杉健治
札差殺し 風烈廻り与力・青柳剣一郎①
旗本の子女が自死する事件が続くなか、富商が殺された。頬に走る刀傷が疼《うず》くとき、剣一郎の剣が冴える！

小杉健治
火盗殺し 風烈廻り与力・青柳剣一郎②
江戸の町が業火に。火付け強盗を利用するさらなる悪党、利用される薄幸の人々のため、怒りの剣が吼える！

小杉健治
八丁堀殺し 風烈廻り与力・青柳剣一郎③
闇に悲鳴が轟《とどろ》く。剣一郎が駆けつけると、同僚が斬殺されていた。八丁堀を震撼させる与力殺しの幕開け……。

祥伝社文庫の好評既刊

小杉健治
待伏せ 風烈廻り与力・青柳剣一郎⑩
剣一郎、絶体絶命!! 江戸中を恐怖に陥《おとしい》れた殺し屋で、かつて剣一郎が取り逃がした男との因縁の対決を描く！

小杉健治
まやかし 風烈廻り与力・青柳剣一郎⑪
市中に跋扈《ばっこ》する非道な押込み。探索命令を受けた剣一郎が、盗賊団に利用された侍と結んだ約束とは？

小杉健治
子隠し舟 風烈廻り与力・青柳剣一郎⑫
江戸で頻発する子どもの拐《かどわ》かし。犯人捕縛へ〝三河万歳《みかわまんざい》〟の太夫に目をつけた青柳剣一郎にも魔手が……。

小杉健治
追われ者 風烈廻り与力・青柳剣一郎⑬
ただ、〝生き延びる〟ため、非道な所業を繰り返す男とは？ 追いつめる剣一郎の執念と執念がぶつかり合う。

小杉健治
詫び状 風烈廻り与力・青柳剣一郎⑭
押し込みに御家人・飯尾吉太郎《いいおきちたろう》の関与を疑う剣一郎。そんな中、倅《せがれ》の剣之助から文が届いて……。

小杉健治
向島心中 風烈廻り与力・青柳剣一郎⑮
剣一郎の命を受け、剣之助は鶴岡へ。哀しい男女の末路に秘められた、驚くべき陰謀とは？

祥伝社文庫の好評既刊

小杉健治
冬波《とうは》 風烈廻り与力・青柳剣一郎㉒

下手人は何を守ろうとしたのか？ 事件の真実に近づく苦しみを知った息子に、父・剣一郎は何を告げるのか？

小杉健治
朱刃《しゅじん》 風烈廻り与力・青柳剣一郎㉓

殺しや火付けも厭わぬ凶行を繰り返す、朱雀太郎。その秘密に迫った青柳父子の前に、思いがけない強敵が――。

小杉健治
白牙《びゃくが》 風烈廻り与力・青柳剣一郎㉔

蠟燭《ろうそく》問屋殺しの疑いがかけられた男。だがそこには驚くべき奸計が……。青柳父子は守るべき者を守りきれるのか⁉

小杉健治
黒猿《くろましら》 風烈廻り与力・青柳剣一郎㉕

倅・剣之助が無罪と解き放った男に新たに付け火の容疑が。与力の誇りをかけて、父・剣一郎が真実に迫る！

小杉健治
青不動 風烈廻り与力・青柳剣一郎㉖

札差の妻の切なる想いに応え、探索に乗り出す剣一郎。しかし、それを阻むように息つく暇もなく刺客が現れる！

小杉健治
花さがし 風烈廻り与力・青柳剣一郎㉗

少女を庇《かば》い、記憶を失った男に迫る怪しき影。男が見つめていた藤の花に秘められた想いとは……剣一郎奔走す！

祥伝社文庫の好評既刊

小杉健治
人待ち月　風烈廻り与力・青柳剣一郎㉘
二十六夜待ちに姿を消した姉を待ち続ける妹。家族の悲哀を背負い、行方を追う剣一郎が突き止めた真実とは!?

小杉健治
まよい雪　風烈廻り与力・青柳剣一郎㉙
かけがえのない人への想いを胸に、佐渡から帰ってきた鉄次《てつじ》と弥八《やはち》。大切な人を救うため、悪に染まろうとするが……。

小杉健治
真《まこと》の雨（上）　風烈廻り与力・青柳剣一郎㉚
野望に燃える藩主と、度重なる借金に疲弊する藩士。どちらを守るべきか苦悩した家老の決意は――。

小杉健治
真《まこと》の雨（下）　風烈廻り与力・青柳剣一郎㉛
完璧に思えた〝殺し〟の手口。その綻《ほころ》びを見つけた剣一郎は、利権に群れる巨悪の姿をあぶり出す！

小杉健治
善の焔《ほのお》　風烈廻り与力・青柳剣一郎㉜
付け火の狙いは何か！　牢屋敷近くで起きた連続放火。くすぶる謎を、風烈廻り与力の剣一郎が解き明かす！

小杉健治
美の翳《かげり》　風烈廻り与力・青柳剣一郎㉝
銭に群がるのは悪党のみにあらず……。奇怪な殺しに隠された真相は？　人間の気高さを描く「真善美」三部作完結。

祥伝社文庫の好評既刊

小杉健治
砂の守り　風烈廻り与力・青柳剣一郎㉞
矢先稲荷《やさきいなり》脇で発見された死体。検死した剣一郎は剣客《けんかく》による犯行と判断。三月《みつき》前の刃傷事件と絡め、探索を始めるが……。

小杉健治
破暁の道（上）　風烈廻り与力・青柳剣一郎㉟
愛する人はどこへ消えた。父のたくらみか、自らの意志か——。大店の倅が辿る、茨の道とは？

小杉健治
破暁の道（下）　風烈廻り与力・青柳剣一郎㊱
破落戸殺しとあくどい金貸しを追う剣一郎。江戸と甲府を繋ぐ謎の家訓から、複雑な事件の奇妙な接点が明らかに！

山本兼一
白鷹伝《はくようでん》　戦国秘録
浅井家鷹匠・小林家次が目撃した伝説の白鷹「からくつわ」が彼の人生を変えた……。鷹匠の生涯を描く大作！

山本兼一
弾正の鷹
信長の首を獲る——それが父を殺された桔梗《ききょう》の悲願。鷹を使った暗殺法を体得して……。傑作時代小説集！

山本兼一
おれは清麿《きよまろ》
葉室麟さん「清麿は山本さん自身であり、鍛刀《たんとう》は人生そのもの」——源《みなもと》清麿、幕末最後の天才刀鍛冶の生き様を見よ。